이 글을
조선의 6대왕(1452~1455),
백성들을 울린 비운의 왕
어린 단종에게 바칩니다.

단종, 왕의 눈물

2026년 3월 27일 초판 1쇄 인쇄 발행

지은이	문태성
감수	박종래
펴낸이	박종래
펴낸곳	도서출판 명성서림

등록번호	301-2014-013
주소	04625 서울시 중구 필동로 6 (광성빌딩2, 3층)
대표전화	02)2277-2800
팩스	02)2277-8945
이메일	msprint8944@naver.com

값 18,000원
ISBN 979-11-7439-108-7

대서사 뮤지컬 원작 소설

단종, 왕의 눈물

비극을 넘어 진실이 되다

저자 문태성 · 감수 박종래

도서출판 명성서림

차례

단종 어진

국가표준영정 100호, 권오창, 2021

프롤로그

강물 위에 남은 그림자

강은 늘 그 자리에 있다.
산을 휘감으며 흐르는 물줄기,
말없이 세월을 삼키는 깊은 물.

사람들은 이 강을 서강이라 불렀다.
수백 년 동안 수많은 사람들이 이 강을 건넜고
수많은 이야기들이 강물 속으로 사라졌다.
그러나 어떤 이야기는 강이 끝내 지우지 못한다.

1457년의 어느 날,
강 위에는 한 사람의 그림자가 길게 드리워졌다.
그는 강가에 서 있었다.
젊은 사내였다.
아직 삶을 다 살기에는 너무 어린 나이.

그러나 그의 어깨 위에는
이미 한 나라의 무게가 지나간 뒤였다.

그의 이름은 단종.
한때 조선의 왕이었던 사람.

열두 살에 왕이 되었고
열여섯에 왕좌를 빼앗겼으며
이제는 세상 끝의 강가에 서 있었다.

그를 이곳까지 밀어낸 것은 권력의 칼이었다.
그리고 그 칼을 쥔 사람은
그의 숙부, 수양대군.
세상은 그를 새로운 왕이라 불렀고
역사는 그에게 또 다른 이름을 남겼다.

그러나 강은 알고 있었다.
왕좌가 바뀌어도 눈물은 사라지지 않는다는 것을.

단종은 한참 동안 강을 바라보았다.
물은 조용히 흘러갔다.
어디로 가는지 알 수 없는 길.
마치 그의 삶처럼.

잠시 후
그는 강물 위에 비친 자신의 모습을 보았다.

흔들리는 그림자.
왕관도 없고 궁궐도 없고
백관의 절도 없는 모습.
그저 한 사람의 젊은 사내였다.

바람이 불었다.
강물이 조금 흔들리자
그의 그림자도 함께 흔들렸다.

그는 조용히 중얼거렸다.
"왕이란 무엇일까."
대답해 줄 사람은 없었다.

궁궐도 멀었고
신하들도 없었고
세상도 그를 잊어가고 있었다.
그러나 강은 알고 있었다.
어떤 이름은 사라지지 않는다는 것을.

그 순간
단종은 천천히 고개를 들었다.
저 멀리 산 위로 해가 기울고 있었다.
붉은 빛이 강 위에 번졌다.

그리고 그 빛 속에서
그의 그림자가 길게 늘어졌다.
마치 역사 위에 남겨진 하나의 흔적처럼.

사람들은 언젠가 이 이야기를 말하게 될 것이다.
어린 왕의 이야기.
왕좌를 잃었지만 이름을 잃지 않았던 왕의 이야기.
그리고 그의 눈물이 강이 되어 흐르게 된 이야기.

강은 여전히 흐르고 있다.
지금도. 그날의 그림자를 조용히 품은 채.

단종 임금 승하
569년이 되는 새봄날
저자 **문태성**

단종, 왕의 눈물

– 등장인물 캐릭터 설정

단종

조선의 여섯 번째 왕.

열두 살 어린 나이에 왕위에 올랐으나,

궁궐의 권력 다툼 속에서 자신의 뜻을 펼치지 못한 채 왕좌를 잃는다.

겉으로는 조용하고 온화하지만,

마음 속에는 왕으로서의 책임과 백성을 향한 깊은 애틋함이 자리하고 있다.

어린 나이에 너무 큰 운명을 짊어진 인물로,

그의 삶은 권력의 희생이자 시대의 비극이다.

왕좌를 잃은 뒤에도 마지막까지 품위를 잃지 않으며,

인간적인 슬픔과 왕의 존엄 사이에서 고통스럽게 흔들린다.

수양대군

단종의 숙부.

강한 결단력과 냉혹한 정치 감각을 가진 인물이다.

나라의 혼란을 바로잡겠다는 명분 아래 권력을 장악하고 결국 왕위에 오른다.

그의 행동은 역사 속에서 잔혹한 권력 투쟁으로 기록되지만,

스스로는 조선을 지키기 위한 선택이었다고 믿는다.

냉정한 정치가이지만 마음 깊은 곳에는 조카에 대한 복잡한 감정이 남아 있다.

정순왕후

단종의 왕비.

어린 나이에 왕비가 되었지만 왕의 몰락과 함께 모든 영광을 잃는다.

단종을 끝까지 지키고 사랑한 인물로,

권력보다 사람을 선택한 여인이다.

조용하고 단아하지만,

내면에는 누구보다 강한 의지를 지니고 있다.

단종과의 사랑은 짧았지만,

그녀의 눈물은 역사 속에서 가장 슬픈 왕비의 이야기로 남는다.

김종서

조선의 대신이자 단종을 지키려 했던 충신.

강직한 성품과 강한 정치적 영향력을 지닌 인물로,

어린 왕을 보호하며 나라의 균형을 지키려 했다.

그러나 권력을 노리는 세력의 중심에 서게 되며 비극적인 운명을 맞는다.

그의 죽음은 조선 권력의 균형이 무너지는 결정적인 사건이 된다.

사육신

단종의 왕위를 되찾기 위해 목숨을 걸고 싸운 여섯 명의 충신들.

성삼문成三問, 박팽년朴彭年, 이개李塏, 하위지河緯地, 유성원柳誠源, 유응부兪應孚

나라의 의리와 왕에 대한 충성을 끝까지 지키며 죽음을 선택한다.

그들의 이야기는 단순한 정치 사건을 넘어 충절의 상징으로 남았다.

죽음 앞에서도 신념을 굽히지 않은 그들의 결단은 역사 속에서 전설이 된다.

생육신

단종을 향한 충성을 마음속에 간직한 채 세상과 거리를 두고
살아간 인물들.

김시습金時習·성담수成聃壽·원호元昊·이맹전李孟專·조려趙旅·
남효온南孝溫

사육신처럼 목숨을 바치지는 않았지만,

평생 벼슬을 거부하며 단종에 대한 의리를 지킨다.

조용한 저항과 침묵 속의 충절을 보여주는 존재들이다.

궁인들

궁궐 안에서 왕을 모시는 사람들.

권력의 소용돌이 속에서 가장 가까이서 왕의 운명을 지켜본
이들이다.

그들은 정치에 참여할 수 없지만,

모든 비밀과 눈물을 알고 있는 존재들이다.

어린 왕이 점점 외로워지는 모습을 가장 먼저 느끼는 사람들
이다.

<u>백성들</u>

왕의 얼굴을 직접 볼 수는 없지만,
왕의 운명에 함께 흔들리는 사람들.
어린 왕의 몰락과 충신들의 죽음을 보며 슬픔과 분노를 품는
다.
그들의 기억 속에서 단종은 단순한 왕이 아니라 억울하게 사
라진 군주로 남는다.
세월이 흐른 뒤에도 백성들의 이야기 속에서 그의 이름은 계
속 불리게 된다.

장릉 경내 입구

제1부
어린 왕의 즉위
권력의 시작

제1장. 열두 살의 어좌

1452년 음력 5월.

세종의 뒤를 이은 문종이 즉위 2년 4개월만에 갑자기 승하했다.

문종은 어머니 소헌왕후의 3년상(1446년)과
아버지 세종의 3년상(1450년)을 연이어 초고강도로
치르며 건강이 크게 악화된데다,
종기(등창) 등으로 어의 전순의가 정성을 다했으나
1452년(문종2년) 5월 14일에 39세로 병사했다.

문종은 세상을 하직하기 전,
선대부터 든든한 우의정 김종서를 불러 특별하게
신신당부를 했다.
"대감, 부탁이 있소이다."
"짐이 없더라도 어린 세자를 잘 지켜주시오."
"전하, 여부가 있겠사옵니까?"

"신, 충성을 다하겠습니다."

조선의 하늘이 무겁게 가라앉아 있었다.
한양의 궁궐 위로 새벽안개가 낮게 깔렸고
종묘의 종이 길게 울려 퍼졌다.

뎡~
뎡~~
뎡~~~
종소리는 깊고 느리게
도성의 지붕들을 넘어 퍼져 나갔다.

조선 제5대 왕
문종이 승하한 지 며칠째 되는 날이었다.
왕의 죽음은 단순히 한 사람의 죽음이 아니었다.
그것은 곧 나라의 균형이 흔들리는 순간이었다.

경복궁 근정전.
붉은 기둥 사이로 새벽빛이 들어오고
수백 명의 대신들이 검은 관복을 입고 줄지어 서 있었다.

그들의 얼굴은 고요했다.
그러나 그 침묵 아래에서는

서로 다른 생각들이 숨 쉬고 있었다.
충성.
불안.
야망.
그리고 기다림.

근정전 중앙.
높은 단 위에 금빛 용이 새겨진 왕좌가 놓여 있었다.
어좌.
조선에서 가장 높은 자리.

그러나 그 자리는
언제나 피의 그림자가 드리워진 자리이기도 했다.
오늘 그 자리에 한 소년이 앉게 될 것이다.
궁궐 깊은 곳에서 발걸음 소리가 들렸다.
아직 어색한 발걸음이었다.

잠시 후
한 소년이 근정전 안으로 들어왔다.
붉은 곤룡포가 그의 몸보다 컸다.
긴 소매가 손등을 덮었고
왕관은 아직 어린 머리에 무겁게 얹혀 있었다.

그는 아직 열두 살이었다.
그의 이름은 단종.
조선 제4대 왕 세종대왕의 손자.
조선의 여섯 번째 왕이 될 소년이었다.

그는 태어나면서부터
슬픈 운명을 안고 있었다.
어머니 현덕왕후 권씨는
그를 낳은 다음 날 세상을 떠났다.

그는 어머니의 얼굴을 기억하지 못했다.
아버지 문종 역시 병약한 몸으로 오래 살지 못했다.
그리고 이어서
열두 살의 어린이가 한 나라의 왕이 되려 하고 있었다.

소년은 근정전 앞에 멈췄다.
수백 명 대신들의 시선이 한꺼번에 그에게 쏠렸다.
그 시선 속에는 동정도 있었고
냉정한 계산도 있었다.

'저 어린 세자가 왕이라니...'
'나라가 어떻게 되려는가?'
누군가는 속으로 그렇게 생각했다.

그러나 아무도 말하지 않았다.

대신들이 일제히 무릎을 꿇었다.
"전하 만세!"
"만세!"
"만만세!"
천둥 같은 외침이 근정전의 천장을 울렸다.
그러나 소년의 귀에는 그 소리가 멀게 들렸다.

그는 어좌를 바라보았다.
너무 높았다.
마치 산처럼 높았다.

그 순간 소년의 마음속에서 한 이름이 떠올랐다.
"아버지…."
그러나 대답은 없었다.

소년은 천천히 계단을 올라갔다.
첫 번째 계단.
궁궐 안의 공기가 숨을 죽였다.

두 번째 계단.
대신들의 눈빛이 더욱 깊어졌다.

세 번째 계단.

마침내 그는 어좌 앞에 섰다.

잠시 멈췄다.

그리고 천천히 왕좌에 앉았다.

그와 동시에

근정전 아래에 있던 대신들이

검은 파도처럼 고개를 숙였다.

"전하 만세!"

"조선의 왕이시옵니다!"

소년은 아래를 내려다보았다.

사람들이 아주 작게 보였다.

왕좌는 높았다.

그러나 그 높이는 외로움의 높이였다.

대관식은 즉위의 정식 선언과 함께

왕의 신분을 공적으로 확정하는 즉위식과

'반교서頒敎書'로 왕위 계승을 공포하는 의식이 진행되었다.

또한 유교적 전통을 반영해 제사·음식·음악·무용 등으로 왕의
신위를 모시는 절차가 이어졌다.

그 현장의 그 시각.

대신들 사이에서 한 인물이 조용히 서 있었다.
그는 고개를 숙이고 있었지만,
눈빛은 날카로웠다.

넓은 어깨.
강한 턱선.
차가운 기운.
그는 왕의 숙부였다.
수양대군.

그는 어린 왕을 바라보고 있었다.
마치 사냥꾼이 먼 산 위의 사슴을 바라보듯.
수양대군의 눈에는 동정이 없었다.

오직 계산만이 있었다.
"왕이 되기엔…"
그는 마음속으로 중얼거렸다.
"너무 어리다."

즉위식이 끝나자,
대신들이 하나둘 물러났다.
거대한 근정전 안에는 소년 왕만 남았다.
바람이 처마의 풍경을 울렸다.

청아한 소리가 전각 안을 길게 맴돌았다.

소년은 자신의 손을 바라보았다.
작은 손이었다.
"이 손으로…내가 나라를 지킬 수 있을까?"
그 질문은 열두 살 어린이에게는 너무 컸다.

그때였다.
조용히 문이 열렸다.
어린 왕비가 들어왔다.
그녀는 정순왕후였다.
그녀 역시 어린 소녀였다.
왕비는 잠시 왕을 바라보다가 조심스럽게 물었다.

"전하… 감축드리옵니다."
"하온데, 용안을 뵈옵기가 왠지 불편해 보이시옵니다."
"어의를 부를까요?"
왕은 잠시 망설였다.
그리고 솔직하게 말했다.
"아, 어쩐지 무서운 생각이 드는구려."

그 말은 왕의 말이 아니라 아이의 말이었다.
왕비는 잠시 아무 말도 하지 않았다.

그리고 조용히 그의 손을 잡았다.
차가운 손이었다.
두 사람은 아무 말 없이 잠시 서 있었다.

그러나 궁궐 밖에서는
이미 다른 이야기가 시작되고 있었다.
대신들의 속삭임.
권력의 계산.
병권을 누가 잡을 것인가?
섭정은 누가 할 것인가?
그리고 그 중심에는 한 사람이 서 있었다.
수양대군.

그날 밤
그는 달빛 아래에서 말했다.
"왕좌는…"
"약한 자에게 허락된 자리가 아니다."
그의 눈빛은 칼처럼 차가웠다.
그 순간 조선의 운명은 이미 움직이고 있었다.

아직 아무도 몰랐다.
이 어린 왕의 눈물이
훗날 한 나라의 전설이 될 것이라는 것을.

그리고 그 비극의 첫 장이
지금 조용히 시작되고 있었다.

장릉

제2장. 비어 있는 궁궐

그 이후 경복궁의 새벽은 언제나 고요했다.
그러나
그날의 고요는 이상할 만큼 깊었다.
마치 궁궐 전체가 숨을 죽이고 있는 것 같았다.
왕이 떠난 궁궐은 언제나 그렇다.
몇 달 전까지만 해도 이곳에는 조선의 임금
문종이 머물고 있었다.

문종은 조용한 왕이었다.
학문을 사랑했고
백성을 아꼈으며
아버지 세종대왕의 뜻을 이어
나라를 안정시키려 애썼다.

그러나
하늘은 그에게 긴 시간을 허락하지 않았다.

병은 오래되었고 왕의 몸은 점점 쇠약해졌다.
그리고
어느 날 밤.
문종은 조용히 숨을 거두었다.

그날 이후 궁궐은 달라졌다.
왕의 웃음이 사라졌고
왕의 발걸음 소리도 들리지 않았다.
남은 것은 넓고 텅 빈 전각들과
무겁게 가라앉은 공기뿐이었다.

어느 날 아침.
소년 왕 단종은 궁궐 안을 천천히 걸어가고 있었다.
그의 곁에는 몇 명의 궁인이 따르고 있었다.
그러나
그 누구도 말을 하지 않았다.

소년은 경복궁의 긴 회랑을 걸었다.
붉은 기둥들이 끝없이 이어졌다.
어린 왕의 발걸음이 돌바닥 위에서 작게 울렸다.

뚜벅.
뚜벅.

뚜뚜벅.

그 소리는 너무도 외롭게 들렸다.

단종은 멈춰 섰다.

그리고 조용히 물었다.

"이곳이… 아버지께서 머물던 곳인가?"

궁인이 고개를 숙였다.

"예, 전하. 선왕께서 자주 머무르시던 전각이옵니다."

문은 닫혀 있었다.

궁인은 조심스럽게 문을 열었다.

문이 열리자 희미한 향 냄새가 흘러나왔다.

문종이 생전에 즐겨 피우던 향이었다.

방 안에는 아직도 왕의 흔적들이 남아 있었다.

책상 위의 붓.

펼쳐진 책.

그리고

아직 마르지 않은 먹 자국.

마치 왕이 잠시 자리를 비운 것처럼 보였다.

소년은 조심스럽게 방 안으로 들어갔다.

그는 책상 앞에 섰다.

그리고 작은 손으로 붓을 들어 보았다.

붓은 무거웠다.
그는 속으로 중얼거렸다.
"아버지는… 이 자리에서 나라를 다스리셨겠지."
그 순간
소년의 눈이 조금 흔들렸다.

왕좌에 앉는 순간에도 흘리지 않았던 눈물이
이곳에서 조용히 올라오고 있었다.
궁인이 조심스럽게 말했다.
"전하…이제 그만…"
단종은 고개를 저었다.
"괜찮다."

소년은 다시 방 안을 둘러보았다.
그곳에는 아버지의 시간이 남아 있었다.
그러나
이제 그 시간은 끝났다.

잠시 후 단종은 창문을 열었다.
햇빛이 방 안으로 들어왔다.
그리고

멀리서 사람들의 목소리가 들려왔다.
대신들이었다.

조정 대신들이 이미 모여 있었다.
나라의 중요한 일들이 논의되고 있었다.
어린 왕이 모르는 사이에.

그때였다.
궁인 하나가 급히 들어왔다.
"전하…."
"조정 대신들께서 지금, 회의를 하고 있아옵니다."

소년은 잠시 침묵했다.
그리고 조용히 물었다.
"그런가? 왜 과인을 부르지 않았느냐?"
궁인은 고개를 숙였다.
"어전회의가 아니옵니다."

그 순간 소년 왕은 처음으로 깨달았다.
왕좌에 앉았다고 해서
모든 것이 자신의 것이 되는 것은 아니라는 것을.

궁궐은 넓었다.

너무 넓었다.
그리고
그 안에는 왕이 모르는 이야기들이
이미 흘러가고 있었다.

그날 밤.
단종은 잠을 이루지 못했다.
궁궐의 등불이 하나둘 꺼졌고
긴 복도가 어둠에 잠겼다.

소년은 창문을 열쳤다.
저 멀리서 한양 도성의 불빛 군상들이 보였다.
백성들은 아직 평화롭게 살아가고 있을 것이다.

그는 조용히 중얼거렸다.
"왕이 되면…모든 것을 지킬 수 있을 줄 알았다."

그러나
지금 궁궐은 너무도 비어 있었다.
그리고
그 빈 공간 속에서 권력은 조용히
움직이기 시작하고 있었다.

장릉

제3장. 대신들의 속삭임

경복궁의 밤은 낮보다 더 많은 이야기를 품고 있었다.
낮에는 모든 것이 질서 속에 움직였다.
대신들이 예를 갖추어 왕 앞에 나아가며
조선의 법과 의례가 세상을 지탱하고 있었다.

그러나
밤이 되면 궁궐의 또 다른 얼굴이 나타났다.
어둠 속에서 사람들의 진짜 생각이 움직이기 시작했다.

그날 밤,
경복궁 근정전 뒤편 작은 전각.
등불 몇 개만이 희미하게 흔들리고 있었다.
전각 안에는 몇 명의 대신들이 모여 있었다.

그들의 얼굴은 긴장으로 굳어 있었다.
조선의 대신들이었다.

그리고

그 중심에는 한 사람이 서 있었다.

김종서.

그는

조선에서 가장 강력한 대신 가운데 하나였다.

세종에게 총애는 물론,

병조판서를 지낸 인물로,

북변에서 육진六鎭을 개척하여 두만강을 국경선으로 확정하
는 데 큰 공로를 세웠던 장수로,

좌의정(단종1년)이었다.

키가 크고 눈빛은 날카로웠다.

그러나

그 눈빛 속에는

한 가지 분명한 의지가 있었다.

어린 왕을 지켜야 한다.

그것이 선왕 문종의 뜻이었기 때문이다.

김종서가 입을 열었다.

"전하께서는 아직 어리시다."

전각 안의 대신들이 조용히 고개를 끄덕였다.

그 말은 누구도 부정할 수 없는 사실이었다.

열두 살.

왕이 되기에는 너무 어린 나이였다.

김종서는 천천히 말을 이었다.

"그러나 전하는 조선의 정통 군주이시다."

"우리가 지켜야 할 왕이시다."

잠시 침묵이 흘렀다.

그러자

다른 대신 하나가 조심스럽게 말했다.

"대감… 문제는 그것이 아니옵니다."

"이미 궁궐 밖에서는 다른 말들이 돌고 있사옵니다."

김종서의 눈이 좁아졌다.

"뭣이라고? 대체 어떤 말인가?"

대신은 잠시 망설이다가 입을 열었다.

"… 수양대군이옵니다."

전각 안의 공기가 순간 얼어붙었다.

그 이름은 지금 궁궐에서 가장 무거운 이름이었다.

수양대군.

왕의 숙부.

세종대왕의 둘째 아들.

그리고 강한 야망을 가진 사내.

한 대신이 낮게 말했다.
"대군께서 병권을 쥐려 하신다는 말이 있사옵니다."
다른 대신이 덧붙였다.
"이미 많은 무장들이 대군을 따르고 있다고 하옵니다."

김종서는 아무 말도 하지 않았다.
그러나
그의 눈빛은 점점 깊어지고 있었다.
그는 이미 알고 있었다.
수양대군이 어떤 사람인지.
그는 단순한 왕족이 아니었다.
전쟁을 아는 사람.
정치를 아는 사람.
그리고 기다릴 줄 아는 사람이었다.

김종서는 천천히 말했다.
"왕좌란?…"
"왕의 것이다."
그의 목소리는 낮았지만 단단했다.
"우리는 충성을 맹세한 대신들이다."
"왕의 옥체를 지키기 위해 존재하는 것이다."

그 순간,

밖에서 바람이 불었다.
전각의 문이 작게 흔들렸다.

그러나 같은 시각.
궁궐의 다른 곳에서도
또 다른 이야기가 시작되고 있었다.

수양대군의 저택.
넓은 마당에 횃불이 타오르고 있었다.
몇 명의 무장들이 조용히 서 있었다.
그리고 그들 앞에 수양대군이 서 있었다.

그의 얼굴에는 웃음이 없었다.
오직 차가운 침착함만이 있었다.
그는 천천히 말했다.
"조정이 시끄럽다."
무장들이 고개를 숙였다.
수양대군이 다시 말했다.
"어린 왕 하나 때문에
온 나라가 흔들리고 있단 말이다."

그의 눈빛이 어두워졌다.
"조선은 강한 왕이 필요하다."

한 무장이 조심스럽게 물었다.

"대군…."

"정말 그리 생각하십니까."

수양대군은 잠시 하늘을 바라보았다.

달빛이 그의 얼굴을 비추었다.

그리고

그는 조용히 말했다.

"나라를 위해서라면…"

"누군가는 칼을 들어야 한다."

그 말은 바람 속으로 빠르게 흩어졌다.

그날 밤.

경복궁에서는 두 개의 무리 세력이 움직이고 있었다.

어린 왕을 지키려는 사람들.

그리고 왕좌를 바라보는 사람들.

소년 왕 단종은 아직 그것을 알지 못했다.

그는 자신의 침소에서 조용히 책을 읽고 있었다.

그러나 궁궐의 어둠 속에서는

이미 권력 찬탈의 음모와 속삭임이 점점 커지고 있었다.

장릉

제4장. 숙부의 눈빛

아침 햇살이 경복궁 지붕 위로
천천히 내려앉고 있었다.
붉은 단청과 푸른 기와가
빛 속에서 조용히 숨 쉬고 있었다.
근정전 앞마당에는 이미 대신들이 줄지어 서 있었다.

오늘은 조회가 있는 날이었다.
조선의 왕이 신하들을 만나는 시간.
어린 왕 단종이 처음 대신들 앞에 서는 날이기도 했다.

북이 울렸다.
둥~!
둥~~!
두웅~~~!
문이 열리고 왕이 천천히 걸어 들어왔다.

단종의 얼굴에는 아직 어린 소년의 모습이 남아 있었다.
그러나
그는 최대한 침착하려 애쓰고 있었다.
어좌에 앉기 전 잠시 대신들을 바라보았다.

수십 명의 대신들이 일제히 고개를 숙였다.
"전하를 뵙사옵니다."
단종은 조용히 말했다.
"모두 고개를 드시오."

그의 목소리는 아직 어린 목소리였다.
그러나
궁궐은 그 목소리를 왕의 말로 받아들였다.
대신들이 고개를 들었다.

그때였다.
단종의 시선이 한 사람에게 멈췄다.
대신들 사이에서 천천히 서 있는 사내.
그는 다른 사람들보다 조금 더 뒤에 서 있었다.

그러나 이상하게도
모든 사람의 시선이 그에게 향하고 있었다.
수양대군, 단종의 숙부였다.

세종대왕의 둘째 아들.

그리고

지금 조정에서 가장 강한 왕족.

수양대군은 천천히 고개를 들었다.

그의 눈이 왕을 바라보았다.

잠시, 아주 잠시

두 사람의 눈이 마주쳤다.

소년 왕의 눈.

그리고 전쟁을 겪은 사내의 눈.

단종은 그 눈빛에서

무언가 설명할 수 없는 것을 느꼈다.

차가운 것.

깊은 것.

그리고 조용히 내뿜는 힘.

수양대군이 천천히 입을 열었다.

"전하. 성은이 망극하옵니다."

그의 목소리는 낮았지만,

궁궐 전체에 울리는 듯했다.

"새로운 조선의 새아침을 감축드리옵니다."

겉으로 보기에는 완벽한 예였다.

그러나

그 말 속에는 묘한 긴장이 숨어 있었다.

대신들 몇 명이 서로 눈치를 보았다.

그때,

앞줄에 서 있던 대신이 조용히 앞으로 나섰다.

김종서였다.

그는 왕 앞에 깊이 절을 했다.

"전하."

"오늘 조정의 일들을 아뢰겠사옵니다."

김종서는 일부러

수양대군과 왕 사이에 서 있었다.

마치 보이지 않는 벽처럼.

수양대군의 눈이 잠시 김종서를 향했다.

두 사람 사이에 말없는 긴장이 흐르고 있었다.

조정의 권력.

그리고

왕좌를 둘러싼 보이지 않는 싸움.

단종은 아직 그 모든 것을 이해하지 못했다.

그는 단지 이상한 느낌만을 받고 있었다.
숙부의 눈빛.
그 눈빛은 웃고 있지 않았다.

조회가 끝나고 대신들이 하나, 둘 물러났다.
궁궐의 복도에는 다시 조용한 공기가 흐르고 있었다.
단종은 어좌에서 내려와 천천히 걸었다.
그러다 문득 뒤를 돌아보았다.
멀리서 수양대군이 서 있었다.
그는 아직 궁을 떠나지 않고 있었다.

두 사람의 눈이 다시 마주쳤다.
이번에는 조금 더 길게.
수양대군의 입가에 아주 작은 미소가 떠올랐다.
그러나 그 미소는 따뜻하지 않았다.
마치 아직 시작되지 않은 어떤 이야기의 서막처럼.

그날 이후
단종은 가끔 그 눈빛을 떠올렸다.
숙부의 눈.
그 눈 속에는 무언가 숨겨진 것이 있는 듯했다.
처음으로 숙부 수양대군의 눈빛이 무서워 보였다.

장릉 (고주서 작가)

제5장. 피로 쓰인 충성

초여름의 바람이 경복궁 담장을 스치고 있었다.
궁궐은 겉으로는 여전히 평온해 보였다.
조회는 열리고 대신들은 법도에 따라 움직였다.

그러나
그 평온함 아래에는
보이지 않는 긴장이 흐르고 있었다.
권력.
그것은 언제나 조용히 움직였다.

어린 왕 단종이 어좌에 앉은 지
몇 달이 지나고 있었다.
조정 안에서는 점점 더 많은 속삭임이 돌고 있었다.
그 중심에는 두 이름이 있었다.
김종서, 그리고 수양대군.

김종서는 왕을 지키는 대신이었다.
그는
선왕의 뜻을 지키기 위해
어린 왕을 보좌하고 있었다.
의정부 대신들이 관리 임명 후보를 미리 정해 황표를 붙이면,
임금이 그대로 임명하는 '황표정사' 제도가 있었다.
조정의 대신들 가운데 많은 이들이 그를 따랐다.

그러나 세종의 아들로 태어나 문종에게 왕위를 내준
수양대군 역시 그냥 물러설 사람이 아니었다.

그는 이미 알고 있었다.
'조선의 왕좌는 힘이 없는 자에게 오래 머물지 않는다.'는 것을.
"내 언젠가 힘으로 거사를 일으키리라!"

어느 날 밤.
김종서의 집.
등불이 하나 켜져 있었다.

그 앞에는 몇 명의 젊은 선비들이 앉아 있었다.
그들은 조용히 이야기를 나누고 있었다.
조선을 걱정하는 사람들.
그리고

왕을 지키려는 사람들.

그들 가운데에는 후일 역사가 기억하게 될 이름들도 있었다.
성삼문.
박팽년...
젊은 학자들이었다.

그러나
그들의 눈빛은 단단했다.
성삼문이 말했다.
"대감."
"요즘 조정의 분위기가 심상치 않사옵니다."

김종서는 잠시 침묵했다.
그 역시 알고 있었다.
부산해지는 수양대군의 움직임.
무장들과의 접촉.
밀담 그리고
점점 넓어지는 세력 확대.

김종서는 천천히 말했다.
"왕을 지키는 일은 쉬운 일이 아니다."
그의 목소리는 무겁고 차분했다.

"충성이라는 것은 말로 하는 것이 아니다."
"때로는…"
그는 말을 멈추었다.
그리고 조용히 말했다.
"피로 쓰는 것이다."

방 안이 잠시 조용해졌다.
젊은 선비들의 눈빛이 더욱 깊어졌다.
박팽년이 낮게 말했다.
"전하께서 위험해질 수도 있다는 말씀이시오이까?"

김종서는 창밖을 바라보았다.
밤하늘에는 달이 떠 있었다.
그리고 그는 말했다.
"권력은 언제나 칼을 부른다."
"우리가 준비하지 않으면
다른 누군가가 칼을 들고 피를 부를 것이다."

그날 밤,
젊은 선비들은 늦도록 이야기를 나누었다.
조선의 왕.
그리고
지켜야 할 충성.

그들은 아직 몰랐다.
훗날 역사가
그들을 사육신이라고 부르게 될 것이라는 것을.
성삼문
박팽년
그리고
그들의 동지들.
그들의 충성은 말이 아니라 피로 기록될 운명이었다.

그 시각,
궁궐 밖 또 다른 저택.
수양대군의 집이었다.
넓은 마루 위에서 수양대군이 앉아 있었다.

그 앞에는 몇 명의 무장이 서 있었다.
그들은 조선의 군사들이었다.
그리고
수양대군에게 충성을 맹약한 사람들이었다.

수양대군이 조용히 물었다.
"준비는 잘 되어가느냐?"
한 무장이 고개를 숙였다.
"예, 대군."

“필요한 병력은 이미 모였습니다.”

잠시 침묵.
수양대군은 손에 들고 있던 부채를 천천히 접었다.
그리고 말했다.
“조선은…”
“약한 왕을 오래 두지 않는다.”

그의 눈빛이 어둡게 빛났다.
“이 나라는 강한 손이 필요하다.”
무장들이 고개를 숙였다.

바람이 불었다.
등불이 흔들렸다.
그리고
조선의 밤은 조용히 더 깊어지고 있었다.

그 누구도 아직 알지 못했다.
곧 조선의 역사가 피로 쓰이게 될 것이라는 것을.

제6장. 첫 번째 눈물

여름 장맛비가 경복궁의 기와 위로
조용히 떨어지고 있었다.
"쏴아 싸아~~!"
"우르릉 ~꽝 ~쾅"
빗소리는 강렬했고, 천둥과 번개, 벼락까지 내리쳤다.
그러나 궁궐을 더욱 깊은 침묵 속으로
감싸고 있었다.
무슨 일이 일어날 징조였다.

궁 안쪽 작은 전각.
그곳에는 어린 왕 단종이 앉아 있었다.
그의 앞에는 펼쳐진 책이 놓여 있었지만
눈은 글자 위에 머물지 못하고 있었다.
요즘 들어 왕은 자주 생각에 잠겼다.

어린 나이에도 느껴지는 것들이 있었다.

궁궐의 공기.
대신들의 시선.
그리고
보이지 않는 긴장.

단종은 조용히 물었다.
"요즘 조정이 시끄럽다 하던데…"
곁에 서 있던 궁인이 조심스럽게 대답했다.
"전하께서 걱정하실 일은 아니옵니다."

그러나
그 말은 왕의 마음을 편하게 하지 못했다.
단종은 다시 창밖을 바라보았다.
비는 여전히 세차게 내리고 있었다.

그때,
발소리가 들렸다.
문이 열리고 한 대신이 조용히 들어왔다.
비를 맞고 다다른 김종서였다.
그는 깊이 절을 올렸다.
"전하를 뵙사옵니다."
단종의 얼굴이 조금 밝아졌다.

김종서는 왕이 믿을 수 있는 몇 안 되는 사람이었다.
"대감."
"비가 많이 오는군요."
김종서는 고개를 끄덕였다.
"예, 전하."
"그러나 비는 곧 그칠 것입니다."
그의 말은 마치 다른 의미를 담고 있는 듯했다.

잠시 침묵.
단종은 조심스럽게 물었다.
"대감…."
"숙부께서는 어떤 분이십니까?"
김종서는 잠시 말을 멈추었다.
그 질문이 누구를 의미하는지
그는 알고 있었다.

수양대군.
왕의 숙부.
그리고
지금 조정에서 가장 위험한 이름.

김종서는 쉽게 대답하지 못했다.
잠시 후 조심스럽게 말했다.

“대군께서는… 강한 분이옵니다.”
“전쟁도 겪으셨고,
정치도 잘 아시는 분이옵니다.”

단종은 다시 물었다.
“그럼…”
“저를 도와주시는 분이겠지요?”
그 말에 김종서의 마음이 잠시 흔들렸다.
어린 왕의 눈은 너무도 순수했다.
세상의 권력 싸움을 아직 모르는 눈이었다.

김종서는 고개를 숙였다.
“전하.”
“신들이 있사옵니다.”
“전하를 지키는 사람들이 있사옵니다.”
그 말은 약속이었다.
그리고 맹세였다.

그러나
김종서가 떠난 뒤 궁궐의 복도에서
작은 소문이 돌기 시작했다.
“수양대군께서 병력을 모으고 있다더라.”
“이미 무장들이 대군을 따르고 있다 하더라.”

속삭임은 궁궐을 타고 퍼졌다.

그날 밤
단종은 혼자 방에 앉아 있었다.
비는 잠시 멈췄지만,
하늘에는 먹구름이 가득했다.

왕은 조용히 생각했다.
아버지 문종이 살아 있었다면
지금 이 모든 것이 달랐을까.

궁궐은 너무 넓었고 왕좌는 너무 높았다.
단종의 눈이 천천히 젖어들었다.
그는 서둘러 눈을 감았다.
왕은 울면 안 된다고 배웠기 때문이다.

그러나 그날 밤
조선의 어린 왕은 아무도 모르게
조용히 흐르는 빗물처럼 첫 번째 눈물을 흘렸다.

그 눈물은 아직 시작에 불과했다.

청령포 (고주서 작가)

뮤지컬 넘버

왕이 되기엔 너무 어린 나

단종 솔로

(조용한 현악기와 피아노.
어두운 궁궐.
어린 왕이 혼자 앉아 있다.)

1절

왜 이렇게 궁궐은
넓기만 한 걸까

수많은 문과 길 속에
나는 길을 잃어

사람들은 모두
고개 숙여 말하지만

그 눈 속에 숨은 말은
아직 알 수 없어

 # 프리코러스

아버지의 자리
왕의 자리
그 무게는 너무 커

나는 아직
그저 한 아이일 뿐인데

 # 후렴

나는 왕이 되기엔
너무 어린 나

이 큰 세상을
어떻게 지키나요

웃어야 한다고
강해져야 한다고
모두 말하지만

나는 아직
울고 싶은 아이인데

나는 왕이 되기엔
너무 어린 나

2절

숙부의 눈빛은
차갑게 빛나고

대신들의 속삭임
바람처럼 스쳐

내 손 위에 놓인 건
차가운 왕관

이 무게를
어떻게 견뎌야 하나

프리코러스

모두 말하지

왕은 울지 않는다고

하지만 오늘 밤
내 마음은 떨려와

후렴

나는 왕이 되기엔
너무 어린 나

이 큰 나라를
어떻게 지키나요

믿어야 한다고
버텨야 한다고
모두 말하지만

나는 아직
아버지를 찾는 아이인데

나는 왕이 되기엔
너무 어린 나

브리지(음악이 잔잔해진다)

만약 내가
왕이 아니었다면
그저 평범한 아이였다면

비 오는 밤
어머니 곁에서
조용히 잠들 수 있었을까

마지막 후렴

하지만 나는 이제
도망칠 수 없어

이 자리는
내가 앉은 자리니까

두려워도
눈물이 나도
나는 버틸 거야

이 나라가

나의 나라니까

나는 왕이 되기엔
너무 어린 나

하지만…
나는
조선의 왕

(음악이 천천히 사라진다.
무대 위에 어린 왕만 남는다.)

청령포 (고주서 작가)

제2부

계유의 바람

권력의 칼날

제7장. 밤의 군사들

밤이 깊어가고 있었다.

한양의 거리는 이미 어둠 속에 잠겨 있었다.

사람들은 모두 잠들었고 시장도 문을 닫았다.

그러나

그 밤은 평범한 밤이 아니었다.

조선의 운명이 조용히 움직이고 있었다.

도성 북쪽의 한 저택.

횃불이 바람에 흔들리고 있었다.

넓은 마당에는 수십 명의 군사들이 조용히 서 있었다.

그들은 말도 하지 않았다.

갑옷이 달빛에 희미하게 빛나고 있었다.

그 군사들의 앞에 한 사람이 서 있었다.

수양대군.

그의 눈은 어둠 속에서도 또렷했다.

수양대군은
천천히 마당을 둘러보았다.
군사들의 얼굴에는 긴장과 결의가 함께 있었다.

그는 낮게 말했다.
"오늘 밤이다."
그 말 한마디에 마당의 공기가 무겁게 가라앉았다.

군사들 사이에서 한 사람이 앞으로 나왔다.
한명회였다.
수양대군의 가장 가까운 책사.

그의 눈빛은 차분하면서도 날카로웠다.
"대군."
"모든 준비가 끝났습니다."
"성문을 지키는 군사들 가운데
우리 편이 이미 배치되어 있습니다."
수양대군은 고개를 천천히 끄덕였다.
"좋다."

잠시 침묵.
그리고
그는 조용히 말했다.

"오늘 밤…"
"조선의 운명이 바뀐다."

바람이 불었다.
횃불이 크게 흔들렸다.
군사들의 갑옷이 작게 부딪히며 소리를 냈다.

한명회가 다시 말했다.
"목표는 분명합니다."
그의 목소리는 차갑게 또렷했다.

"김종서."
그 이름이 밤공기 속에 떨어졌다.
김종서는 어린 왕을 지키는 대신.
그리고
수양대군의 길을 막고 있는 가장 큰 벽이었다.

수양대군의 눈빛이 어둡게 빛났다.
"김종서는 강한 사람이다."
"그래서 더 위험하다."

그는
잠시 하늘을 바라보았다.

달이 구름 사이로 흐릿하게 떠 있었다.
"나라를 위해서라면…"
"누군가는 피를 흘려야 한다."

그 말은 명령이었다.
군사들이 동시에 무릎을 꿇었다.
"명을 받들겠습니다."

마당 위로 긴 침묵이 내려앉았다.
수양대군은 손을 들어 올렸다.
그리고
천천히 내렸다.
그것이 시작의 신호였다.

군사들이 움직였다.
갑옷이 흔들리고 칼집이 부딪쳤다.
그들은 소리를 죽인 채 어둠 속으로 흩어졌다.

한양의 거리는 여전히 조용했다.
아무도 몰랐다.
지금 이 순간,
도성 안에서 역사가 움직이고 있다는 것을.

경복궁 안.
어린 왕 단종은 이미 잠들어 있었다.
그의 방에는 작은 등불 하나만 켜져 있었다.
평온한 밤처럼 보였다.

그러나
궁궐 밖에서는 말발굽 소리가
천천히 울리고 있었다.
조용하지만 점점 가까워지는 소리.

그 밤,
조선의 하늘 아래에서
칼날 같은 바람이 불기 시작하고 있었다.
사람들은 훗날,
이 밤을 '계유의 밤'이라고 부르게 된다.
그리고
곧 피의 역사가 시작될 것이다.

청령포 (고주서 작가)

제8장. 그날 밤, 궁궐이 무너졌다

그날 밤,

한양의 하늘에는 달이 흐릿하게 떠 있었다.

바람이 불었다.

조용한 밤이었지만 어딘가 불안한 기운이 감돌고 있었다.

도성의 골목을 따라 군사들이 움직이고 있었다.

횃불은 최소한으로 가려졌고

말발굽 소리는 최대한 죽여졌다.

그들의 목적지는 하나였다.

조선의 권력.

그리고

그 길을 막고 있는 사람.

김종서.

그 시각

김종서의 집은 조용했다.

늦은 밤이었고 대감은 이미 쉬고 있었다.
그러나
문밖에서 낯선 발소리가 들렸다.
쿵~~~!
쿵~쿵~~!
쿵~쿵~쿵~!
다급하게 문이 두드려졌다.
집 안의 하인이 놀라 문 쪽을 바라보았다.

밖에서 목소리가 들렸다.
"대감께 급히 드릴 말씀이 있습니다."
그 목소리는 익숙한 왕족의 목소리였다.

하인은 잠시 망설이다가 문을 열었다.
문 앞에는 한 사람이 서 있었다.
수양대군.
그의 뒤에는 몇 명의 무장이 서 있었다.

김종서는 곧 그 소식을 들었다.
그는 옷고름을 정리하고 마루로 나왔다.
그리고
수양대군을 보았다.
"이 밤에 웬 일이십니까? 대군."

수양대군은 가볍게 웃었다.
그러나
그 웃음은 매우 차가웠다.
"대감께 드릴 말씀이 있어 찾아왔소이다."

두 사람의 눈이 마주쳤다.
잠시 말없는 시간이 흘렀다.

김종서는 무언가 이상함을 느끼고 있었다.
그리고
찰나의 순간 번쩍—
칼이 빛났다.

모든 것은 순식간에 일어났다.
무장들이 마루로 뛰어올랐다.
비명이 터졌다.
김종서는 뒤로 몸을 빼 한 발 물러났지만 늦었다.
칼날이 어둠 속에서 김종서를 눕혔다.

조선의 충신.
왕을 지키던 대신.
김종서는 그 자리에서 쓰러져 즉사했다.
동시에 두 아들까지 난데없는 개죽음을 당했다.

피가 마루 위로 흘러내렸다.
피의 그날 밤
조선의 권력 하나가 무너졌다.

수양대군은 잠시 그 모습을 내려다보았다.
그의 얼굴에는 아무 감정도 없었다.
그리고
그는 조용히 말했다.
"이제 시작이다."
군사들이 다시 움직였다.

그들의 다음 목표는 궁궐.
경복궁이었다.
궁궐의 문이 거칠게 열렸다.
군사들이 안으로 쏟아져 들어왔다.

잠들어 있던 궁인들이 놀라 깨어났다.
"무슨 일이냐?"
"군사들이 들어왔다!"
비명이 궁궐을 가득 채웠다.
횃불이 켜지고 갑옷이 부딪혔다.
그 밤,
궁궐의 평온은 완전히 깨져버렸다.

어린 왕 단종은 급히 깨어났다.
궁인들이 달려왔다.
"전하!"
"큰일이옵니다!"

단종은 놀란 눈으로 그들을 바라보았다.
"무슨 일이냐?"
궁인은 떨리는 목소리로 말했다.
"무장한 군사들이…떼를 지어 궁궐에 들어왔습니다."
왕의 얼굴이 창백해졌다.
그는 아직 모르고 있었다.

그날 밤,
자신을 지켜주던 가장 큰 기둥이
이미 무너졌다는 것을.
그리고 조선의 권력은 지금 칼 위에 놓여 있었다.

궁궐은 눈에 보이지 않는 방식으로
완전히 무너져가고 있었다.

청령포 (고주서 작가)

제9장. 계유정난

새벽이 밝아오고 있었다.

그러나

그날의 새벽은 평소와 다른 색이었다.

한양의 하늘은 어딘가 무겁게 내려앉아 있었다.

밤새 도성 안에서는 칼과 피의 소리가 멈추지 않았다.

사람들은 문을 닫고 숨을 죽인 채 밤을 보냈다.

그리고

조선의 역사는 이미 바뀌고 있었다.

그 중심에는 한 사람이 서 있었다.

수양대군.

그는

말 위에 올라 도성의 길을 천천히 지나가고 있었다.

그의 뒤에는 수백 명의 군사들이 따르고 있었다.

밤 사이 많은 일이 일어났다.

왕을 지키던 대신 김종서는 이미 죽음을 맞이했고
그를 따르던 여러 대신들도 하나둘 차례로 제거되었다.
조정의 중심이 단숨에 무너져 내렸다.

이 사건을 훗날 사람들은
‘계유정난’이라고 부르게 된다.

‘계유정난’
단종 왕을 중심으로 움직이던 권력은
하룻밤 사이에 수양대군의 손으로 기울어 버렸다.

경복궁.
궁궐의 문은 굳게 닫혀 있었다.
그러나
그 문 앞에는 이미 군사들이 서 있었다.

수양대군이 천천히 말에서 내렸다.
그리고
궁궐을 바라보았다.
그곳에는 어린 왕이 있었다.
단종.
그는
아직 모든 일을 알지 못했다.

수양대군이 천천히 궁 안으로 들어갔다.
궁인들은 고개를 숙인 채 떨고 있었다.
아무도 그를 막지 못했다.
마침내 수양대군은 왕이 있는 전각 앞에 멈추었다.

잠시 후 문이 열렸다.
전각 안에는 어린 왕이 서 있었다.
단종의 얼굴은 창백했다.
그는
이미 무언가 큰 일이 벌어졌다는 것과 공포감을 느끼고 있었다.

두 사람의 눈이 다시 마주쳤다.
숙부와 조카.
왕과 왕족.
그리고
권력을 두고 마주 선 두 사람.

수양대군이 천천히 무릎을 꿇었다.
겉으로 보기에는 완벽한 예였다.
"전하를 뵙사옵니다."
그러나
그 뒤에는 장칼을 든 군사들이 서 있었다.

단종은 그 장면을 바라보았다.
그리고
작게 물었다.
"숙부…"
"무슨 일이 일어난 것입니까."
수양대군은 잠시 고개를 숙였다.
그리고
말했다.
"전하."
"나라에 역적이 있었아옵니다."
그의 목소리는 침착했다.
"신이 그들을 처단하였사옵니다."

그 말은 거짓이면서도 또 다른 사실이었다.
단종은 아무 말도 하지 못했다.

지나는 바람이 알려주었다.
'왕좌를 탐하는 자가 나타났다. 먼저 처단하라.'

그 순간
어린 왕은 처음으로 깨닫기 시작했다.
왕좌가 무엇인지.
권력이 무엇인지.

그리고
자신이 얼마나 외로운 자리 위에 서 있는지.

수양대군이 천천히 고개를 들었다.
그의 눈빛은 전과 같았다.
차갑고 깊은 눈.

그날 이후 조선의 정치는 완전히 달라졌다.
왕은 여전히 왕좌에 앉아 있었지만
진짜 권력은 다른 손에 있었다.

사람들은 속삭였다.
"이제 조선은 수양대군의 나라가 되었다."
그러나
이것은 끝이 아니었다.
오히려 더 큰 비극의 시작이었다.

청령포 (고주서 작가)

제10장. 충신의 결단

계유년의 피바람이 도성을 휩쓴 뒤,
한양의 거리는 겉으로는 다시 평온해 보였다.
시장에는 사람들이 돌아왔고 관청의 문도 다시 열렸다.

그러나
사람들의 눈빛은 이전과 달라져 있었다.
모두 알고 있었다.
이제
조선의 권력은 한 사람에게 기울어 있다는 것을.

수양대군.
그는
조정의 중심에 서 있었다.
대신들은 여전히 왕에게 절했지만
결정을 내리는 힘은
점점 수양대군에게 모이고 있었다.

경복궁 깊은 곳.
어린 왕 단종은 조용히 앉아 있었다.
그의 곁에는 이전보다 사람이 줄어 있었다.
많은 대신들이 이미 사라졌기 때문이다.
그리고
왕을 지키던 큰 기둥
김종서 역시 이제 세상에 없었다.

왕의 궁궐은 전보다 훨씬 더 넓고
훨씬 더 쓸쓸해졌다.
그러나
아직 왕을 포기하지 않은 사람들이 있었다.
그들은 조용히 모이고 있었다.

한양의 작은 서재.
밤이 깊어 등불만이 흔들리고 있었다.
그 방 안에는 몇 명의 선비들이 앉아 있었다.

성삼문.
박팽년.
하위지...
그들의 얼굴에는 깊은 고민이 서려 있었다.

성삼문이 먼저 입을 열었다.
"김종서 대감이 돌아가신 뒤…"
"조정은 완전히 달라졌소."

박팽년이 낮게 말했다.
"이제 왕의 곁에는 지켜줄 사람이 거의 없소."

잠시 침묵이 흘렀다.
등불이 작게 흔들렸다.
하위지가 천천히 말했다.

"하지만…"
"왕은 여전히 우리의 왕이오."
그 말은 작았지만 단단했다.

성삼문은 잠시 눈을 감았다.
그의 마음속에는 어린 왕의 얼굴이 떠올랐다.
두려움을 숨기던 눈.

그러나
왕으로서 버티려던 그 작은 용기.
성삼문이 다시 눈을 떴다.
"우리가 해야 할 일이 있소."

그의 목소리는 조용했지만 흔들리지 않았다.
"왕을 되찾는 것."
"조선을 되찾는 것."

박팽년이 그를 바라보았다.
"그 말은…"
"수양대군과 맞서겠다는 말이오?"
성삼문은 고개를 끄덕였다.
방 안의 공기가 무겁게 가라앉았다.

그것이 무엇을 의미하는지
모두 알고 있었기 때문이다.
그것은 반역, 그리고 죽음을 의미했다.

잠시 후 박팽년이 조용히 웃었다.
"참 이상하군."
"우리는 평생 글을 읽던 선비였는데…"
"결국 칼 앞에 서게 되는군."

성삼문이 말했다.
"충성은 글로만 하는 것이 아니오."
"때로는…"
그는 천천히 말했다.

"목숨으로 해야 하는 것이오."
그 순간 그들의 마음속에서
하나의 결심이 태어나고 있었다.

훗날 사람들은 그들을 이렇게 부르게 된다.
사육신.
왕을 위해 목숨을 바친 여섯 명의 충신들.
그들의 이야기는 아직 시작되지 않았다.

그러나
그날 밤 한양의 작은 서재에서
조선 역사에 남을 충신들의 결단이
조용히 내려지고 있었다.

청령포 (고주서 작가)

제11장. 침묵하는 궁인들

경복궁의 아침은
여전히 같은 모습으로 시작되었다.
북이 울리고
궁문이 열리고
대신들이 조회를 준비했다.

겉으로 보면 모든 것이 예전과 같았다.
그러나
궁궐 안의 사람들은 알고 있었다.
이곳의 공기가 이미 달라졌다는 것을.

궁인들은 서로 말을 아끼기 시작했다.
복도를 지나갈 때도 시선을 낮추었다.
속삭임조차 위험한 일이 되었기 때문이다.

그 이유는 단 하나였다.

수양대군.
그의 군사들이 궁궐 곳곳에 배치되어 있었기 때문이다.
갑옷을 입은 병사들이 창을 들고 문 앞과 회랑에 서 있었다.
그들의 눈은 모든 것을 지켜보고 있었다.
궁인들은 그 시선을 느끼고 있었다.
그래서 침묵했다.

궁궐 깊은 곳.
어린 왕
단종의 전각.
왕은 창가에 앉아 있었다.
그의 앞에는 아직 펴지지 않은 서책이 놓여 있었다.

요즘 왕은 책을 읽는 시간이 줄어들었다.
생각이 많아졌기 때문이다.
문득 단종이 물었다.
"요즘 궁궐이 너무 조용한 것 같지 않느냐?"
곁에 서 있던 궁인이 깜짝 놀라 고개를 숙였다.
"전하…"
"궁궐은 원래 조용한 곳이옵니다."

그러나
그 말은 사실이 아니었다.

궁궐에는 늘 사람들의 목소리가 있었다.
궁녀들의 웃음소리.
궁인들의 발걸음.
대신들의 대화.

그러나
지금은 모두 사라졌다.
단종은 조용히 창밖을 바라보았다.
멀리서 군사들이 서 있는 모습이 보였다.

그들의 갑옷이 햇빛에 번쩍였다.
왕은 낮게 말했다.
"저 군사들은…"
"왜 궁 안에 있는 것이냐?"

궁인은 잠시 말을 잇지 못했다.
그리고
조심스럽게 말했다.
"대군께서 궁을 지키기 위해 보내신 것이옵니다."

대군, 그 이름은?
요즘 궁궐에서 가장 무거운 말이었다.
수양대군.

단종은
잠시 아무 말도 하지 않았다.
그는
이제 조금씩 이 상황을 이해하기 시작하고 있었다.
왕좌는 여전히 자신의 것이었다.
그러나
궁궐의 힘은 자신의 것이 아니었다.

그날 오후
궁궐의 한 복도에서 두 궁녀가 마주쳤다.
그러나
그들은 말을 하지 않았다.
서로 눈만 마주쳤다.

그리고
조용히 지나갔다.
누구도 입을 열지 않았다.
궁궐의 벽에는 귀가 있다는 것을
모두 알고 있었기 때문이다.

그날 밤
단종은 혼자 앉아 있었다.
궁궐은 다시 어둠에 잠겨 있었다.

왕은 문득 어린 시절을 떠올렸다.
아버지 문종이 살아 있던 시절.
그때의 궁궐은 지금보다 훨씬 따뜻했다.
사람들이 웃었고 궁인들도 자유롭게 이야기했다.

그러나
지금, 궁궐은 너무 조용했다.
단종은 조용히 중얼거렸다.
"왜 아무도 말을 하지 않는 것이냐?…"
그러나
그 질문에 대답하는 사람은 없었다.

그날 이후,
경복궁에는 이상한 침묵이 깊어져 갔다.
사람들은 말하지 않았다.
그러나
모두 알고 있었다.
궁궐의 진짜 주인이 누구인지.

청령포

제12장. 숙부의 독백

밤이 깊었다.
한양의 거리는 이미 잠들어 있었다.
그러나
한 저택에서는 아직 등불이 꺼지지 않았다.

넓은 방 안.
책상 위에는 지도와 문서들이 펼쳐져 있었다.
그 앞에 앉아 있는 사람.
수양대군.

그는
조용히 앉아 있었다.
방 안에는 아무도 없었다.
군사도
신하도
아무도.

그는 혼자였다.

잠시 후
수양대군이 천천히 입을 열었다.
"세상은 참 이상하다."
그의 목소리는 조용했지만 낮게 울렸다.
"왕이 있어도 나라가 흔들리고…"
"왕이 약하면 백성이 고통받는다."

그는
손에 들고 있던 붓을 천천히 내려놓았다.
잠시 침묵.
그리고
다시 말했다.
"나는 수많은 전쟁을 보았다."
"피가 흐르는 전장을 보았고
나라가 무너지는 모습을 보았다."

그의 눈이 창밖을 향했다.
달빛이 방 안으로 들어오고 있었다.
수양대군의 얼굴에는 묘한 그림자가 드리워져 있었다.

"조선은…"

"강해야 한다."
그는 낮게 말했다.
"약한 왕으로는 이 나라를 지킬 수 없다."

그 순간
어린 왕의 얼굴이 떠올랐다.
단종.
아직 소년의 얼굴.
그리고
두려움을 숨기던 눈.

수양대군은 잠시 눈을 감았다.
"조카야…"
그의 목소리가 아주 작게 흔들렸다.
"너는 나쁜 아이가 아니다."
"하지만…"

그는
다시 눈을 떴다.
그 눈빛은 이미 단단해져 있었다.
"왕이 되기에는 너무 약하다."
방 안에 침묵이 내려앉았다.

수양대군은 천천히 자리에서 일어났다.
그리고
창가로 걸어갔다.
멀리 경복궁의 지붕들이 보였다.

그곳에는 어린 왕이 있었다.
그는
한참 동안 궁궐을 바라보고 있었다.
마치 무언가를 결심하는 사람처럼.

잠시 후
수양대군이 조용히 말했다.
"역사는…"
"강한 사람의 손으로 움직인다."

바람이 불었다.
창문이 작게 흔들렸다.
그는
마지막으로 궁궐을 바라보았다.
그리고
천천히 돌아섰다.

그 순간

그의 마음속에서는
하나의 길이 완전히 굳어지고 있었다.
수양은 주먹을 움켜쥐었다.
"반드시 나의 길을 가리라."
"반드시 왕좌를 내 것으로 만들 것이다."

훗날
조선의 역사는 그를 왕으로 기록하게 된다.
그러나
지금 이 밤
그는 아직 왕이 아니었다.

단지
왕좌를 향해 걸어가고 있는
한 사람일 뿐이었다.

동강 어라연

제13장. 무너지는 왕좌

어느새 계절이 바뀌어
가을이 천천히 한양에 내려오고 있었다.
경복궁의 은행나무 잎들이 노랗게 물들기 시작했다.
계절은 아무 일도 없다는 듯 흘러갔다.

그러나 궁궐 안에서는 보이지 않는 균열이
점점 커지고 있었다.

어린 왕 단종은 어좌에 앉아 있었다.
조회가 열리고 있었지만
왕의 말은 거의 필요하지 않았다.
대신들이 서로 논의했고 결정은 이미 내려져 있었다.

그리고 그 결정의 중심에는 한 사람이 있었다.
수양대군.

그는 이제
조정에서 가장 강한 존재가 되어 있었다.
대신들 가운데 많은 사람들이 그의 편에 섰다.

어떤 사람은 두려워서였고
어떤 사람은 권력을 위해서였다.

조회가 끝난 뒤
단종은 천천히 자리에서 일어났다.
궁인들이 조용히 따라왔다.
그러나 그들의 발걸음은 예전보다 훨씬 조심스러웠다.

왕의 뒤를 따르던 한 궁인이 작게 속삭였다.
"전하…."
단종이 돌아보았다.
궁인은 잠시 망설이다가 입을 열었다.
"요즘 조정에서 이상한 이야기가 돌고 있사옵니다."

단종은 조용히 물었다.
"어떤 이야기란 말인가?"
궁인은 더 이상 말하지 못했다.
그러나 왕은 이미 그 의미를 알고 있었다.
왕좌.

그 자리가 흔들리고 있다는 것.

그날 밤
궁궐의 깊은 곳에서 몇 명의 대신들이 모였다.
그들 가운데에는 왕을 지키려는 사람들이 있었다.
성삼문.
박팽년.

그들은 조용히 이야기를 나누고 있었다.
성삼문이 낮게 말했다.
"이대로 가면…"
"왕께서 위험해진다."

박팽년이 고개를 끄덕였다.
"이미 조정은 수양대군의 손에 들어갔다."

잠시 침묵.
등불이 흔들렸다.
성삼문이 말했다.
"하지만 아직 끝난 것은 아니다."
"왕은 아직 왕이다."

그의 눈빛이 단호해지며 빛났다.

“왕께서는 궁궐에서 나신 조선 최초의 적통왕이시다.”
“우리가 포기하지 않는 한 왕좌는 무너지지 않는다.”
“반드시 우리가 지켜야 한다.”

그러나 같은 시각
궁궐의 다른 곳에서는
전혀 다른 이야기가 진행되고 있었다.

넓은 전각 안.
수양대군이 대신들과 함께 앉아 있었다.
그들의 앞에는 문서 하나가 놓여 있었다.
왕위에 관한 문제.
그리고 나라의 안정.

한 대신이 조심스럽게 말했다.
“대군.”
“나라가 혼란스럽습니다.”
“강한 왕이 필요합니다.”
수양대군은 아무 말도 하지 않았다.

그는 잠시 생각에 잠겨 있었다.
그러나 방 안의 사람들은 이미 알고 있었다.
이 대화의 끝이 어디로 향하는지.

잠시 후

수양대군이 천천히 말했다.

"나는…"

"왕이 되고 싶어서 이 길을 온 것이 아니다."

그의 목소리는 차분했다.

"그러나, 조선을 위해서려면 누군가는 책임을 져야 한다."

그 말은 결심과 같았다.

그날 이후

궁궐에서는 더 많은 소문이 돌기 시작했다.

왕좌가 흔들리고 있다는 소문.

그리고 곧 그 왕좌가 완전히 무너질 것이라는 이야기.

단종은 그 모든 소문 속에서

점점 더 외로운 왕이 되어가고 있었다.

경복궁의 높은 어좌.

그 자리는 여전히 왕의 자리였다.

그러나 지금 그 왕좌 아래에서는 보이지 않는 균열이

조용히 깊어지고 있었다.

동강 어라연

뮤지컬 대합창

칼은 정의인가?

(앙상블 / 대신들 · 군사들 · 백성들 · 궁인들)

(무대는 어둡다.
양쪽에서 서로 다른 무리가 등장한다.
한쪽은 수양대군의 군사들,
다른 쪽은 왕을 걱정하는 대신들과 백성들.)

합창. 1

밤은 조용하지만
도성은 떨고 있다

말하지 못한 두려움이
거리마다 번진다

누가 옳은 것인가?

누가 죄인인가?

칼을 든 자가
정의인가?

군사들

나라가 흔들린다
왕은 너무 어리다

강한 손이 없다면
백성은 쓰러진다

칼은 때로
나라를 지키는 법

우리는
조선을 위해 선다

대신들

그러나 왕은
하늘이 세운 자리

충성은
칼보다 무겁다

왕을 버린 나라가
어찌 나라인가?

칼로 세운 정의는
정의인가?

합창

칼은 정의인가?
권력인가?

피 위에 세운 나라가
나라가 될 수 있나?

누가 옳은가?
누가 틀린가?

역사는
누구의 손을 드는가?

궁인들

궁궐의 벽은
모든 것을 들었다

밤의 발소리
속삭이는 음모

그러나 우리는
말할 수 없다

침묵 속에
역사는 흐른다

백성들

우리는 그저
살고 싶을 뿐

누가 왕이든
세상은 돌아간다

하지만 피가 흐르면

백성이 운다

칼은 언제나
백성을 베니까

브리지 (음악이 점점 격해진다)

오늘 밤
누군가는 쓰러지고

내일 아침
누군가는 왕이 된다

그러나 기억하라
칼은 왕을 만들 수 있어도
정의를 만들 수는 없다

마지막 대합창

칼은 정의인가?
권력인가?

피로 쓰인 역사가
진실인가?

오늘의 승자가
내일의 왕이라면
누가 말하나?

정의는
어디에 있는가?
칼은 정의인가?

아니면
단지
권력인가?

(음악이 강하게 끝난다.
무대 중앙에 왕좌가 비추어진다.
그러나 그 위에는 아직 아무도 앉아 있지 않다.)

동강 어라연

제3부

충절과 배신

영혼의 선택

제14장. 사육신의 맹세

한양의 밤.
궁궐 위로 달이 낮게 떠 있었다.
그러나 그 밤의 궁궐은
더 이상 왕의 궁궐이 아니었다.

경복궁의 높은 지붕 위로 바람이 불었다.
그리고 그 바람 속에서
사람들은 한 이름을 속삭였다.
수양대군.
왕의 숙부.
그러나
이제는 왕좌를 다 틀어쥔 사내.

며칠 전.
경복궁 근정전.
수양대군의 발걸음이 돌바닥을 울리며 들어왔다.

대신들은 모두 고개를 숙였다.

어린 왕 단종은 옥좌 위에 앉아 있었다.
그러나
그 옥좌는 이미 비어 있는 자리 같았다.

수양대군이 천천히 웃었다.
"전하."
그의 목소리는 부드러웠다.
그러나 칼처럼 차가웠다.
"나라가 어지럽사옵니다."
아무도 대답하지 않았다.

수양대군이 대신들을 바라보았다.
"왕이 어리면…"
그는 말을 멈추었다.

그리고 천천히 말했다.
"나라가 피를 흘리는 법이옵니다."
그 순간
근정전의 공기가 얼어붙었다.

그날 밤.

한양의 작은 집.

문이 세 번 조용히 두드려졌다.

똑. 똑. 똑.

문이 열렸다.

등불 아래 여섯 명의 선비가 앉아 있었다.

성삼문.

박팽년.

하위지.

이개.

유성원.

유응부.

후일 사람들이 사육신이라 부르게 될 이름들.

성삼문이 천천히 입을 열었다.

"이대로 두면…"

그는 말을 멈추었다.

등불이 흔들렸다.

"조선이 죽습니다."

박팽년이 주먹을 꽉 쥐었다.

"왕이 살아 있는데

어찌 역적이 나라를 다스린단 말이오."

하위지가 낮게 말했다.
"이미 많은 이들이 침묵했소이다."
"두려워서이외다."

그 말은 사실이었다.
한양의 수많은 대신들이 입을 닫고 있었다.
살기 위해서였다.

그러나
그 방 안의 여섯 사람은 달랐다.

성삼문이 말했다.
"나는 묻겠소이다."
그는
한 사람 한 사람을 바라보았다.
"왕을 버리시겠소?"

침묵.
그리고
박팽년이 먼저 말했다.
"나는 왕의 신하이외다."

하위지.

“나 역시.”

이개.
“살아서 충신이 되지 못한다면 죽어서라도 되겠소.”

유성원.
“역적의 세상에서 숨 쉬는 것이 부끄럽소.”

유응부.
“칼이 필요하다면 내가 들겠소.”

마지막으로 성삼문이 말했다.
“좋소이다.”

그는 칼을 꺼냈다.
은빛 칼날이 등불에 번뜩였다.

그리고
사각.
칼로 손가락을 베었다.
붉은 피가 탁자 위에 떨어졌다.
“왕이 돌아올 때까지.”
“우리는 멈추지 않는다.”

박팽년도 손가락을 베었다.

하위지도,

이개도,

유성원도,

유응부도.

붉은 피가 탁자 위에 떨어졌다.

여섯 사람의 피가 하나로 섞였다.

성삼문이 말했다.

"오늘 이후."

"우리는 이미 죽은 사람이외다."

박팽년이 조용히 웃었다.

"그렇다면…"

그는 잔을 들어 올렸다.

"죽은 자들의 맹세를 합시다."

여섯 사람이 잔을 들었다.

등불이 크게 흔들렸다.

그날 밤

한양의 작은 방에서 조선의 역사를 뒤흔들
맹세가 태어났다.
왕을 되찾기 위한 피의 맹세.

그리고 멀리 경복궁.
수양대군은 술잔을 들고 있었다.

그는 천천히 웃었다.
"충신이라…"
그의 눈이 어둡게 빛났다.
"충신이란 목이 달려 있을 때만 충신이지."

그는 잔을 내려놓으며 수염을 쓰다듬고 말했다.
"목이 떨어지면 그저 시체일 뿐이다."

그날 밤
조선의 하늘 아래 두 개의 운명이
서로를 향해 움직이고 있었다.
충절.
그리고 권력.

그리고 그 길의 끝에는
피가 기다리고 있었다.

동강 어라연

제15장. 생육신의 침묵

한양의 새벽은 안개로 가득했다.
궁궐의 지붕 위에도
성문 밖 거리에도
무거운 침묵이 내려앉아 있었다.
그것은 두려움의 침묵이었다.

사육신의 맹세가 아직 세상에 드러나지 않았지만
지식인들은 이미 알고 있었다.
무언가가 다가오고 있다는 것을.

성균관 뒤편.
작은 정자.
여섯 명의 선비가 조용히 마주 앉아 있었다.
김시습.
남효온.
조려.

원호.

이맹전.

성담수.

후일 사람들이 생육신이라 부르게 될 이들이었다.

그러나 그날 밤

그들은 아직 이름 없는 선비들이었다.

등불이 희미하게 흔들렸다.

김시습이 먼저 입을 열었다.

"사육신이 움직였소."

그 말은 조용했지만

돌처럼 방 안에 떨어졌다.

원호가 고개를 들었다.

"성삼문이?"

"그렇소."

남효온이 한숨을 내쉬었다.

"결국 그들이 칼을 드는군."

잠시 아무도 말을 하지 않았다.

바람이 정자를 스쳤다.

조려가 낮게 말했다.
"우리는 어찌해야 하오이까?"

그 질문은 단순한 질문이 아니었다.
그것은 양심의 질문이었다.

김시습이 천천히 말했다.
"칼을 드는 충신이 있소이다."
"그리고…"
그는 잠시 멈추었다.
"칼을 들지 않는 충신도 있소이다."

이맹전이 조용히 물었다.
"그것이… 충신이오이까?"

김시습의 눈이 등불 속에서 빛났다.
"살아남아 기억하는 것도 충성입니다."
성담수가 고개를 숙였다.

"그러나…"
"그들이 죽는다면."
그 말은 끝나지 않았다.
그 말의 끝을 모두 알고 있었기 때문이다.

멀리 궁궐.
수양대군의 권력은 점점 단단해지고 있었다.
군사들은 거리 곳곳을 지키고 있었고
대신들은 점점 더 침묵하고 있었다.
나라 전체가 숨을 죽이고 있었다.

정자 안.
남효온이 잔을 들어 올렸다.
"나는 칼을 들지는 않겠소."

그 말은 겁 때문이 아니었다.
그의 눈은 맑았다.
"그러나…"
"나는 그들의 죽음을 잊지 않겠소."

원호가 말했다.
"나도 마찬가지요."
조려도 조용히 고개를 끄덕였다.

이맹전이 말했다.
"죽어 충신이 되는 길도 있고
살아 충신이 되는 길도 있소이다."

성담수가 천천히 말했다.
"그러나…"
"살아남는 길이 더 어려울지도 모릅니다."

김시습이 마지막으로 말했다.
"그래서 우리는 침묵합니다."
"그러나…"

그의 눈이 멀리 궁궐을 향했다.
"이 침묵은 복종이 아닙니다."
그는 조용히 덧붙였다.
"기억입니다."

그날 밤
여섯 명의 선비는 서로 아무 말도 하지 않았다.
그러나
그 침묵 속에서 결정이 내려졌다.
칼을 드는 사람들.
그리고
침묵으로 싸우는 사람들.
조선의 충성은 두 갈래 길로 나뉘고 있었다.

새벽이 밝았다.

김시습은 정자를 떠났다.
그는 뒤를 돌아보지 않았다.

한양의 길을 천천히 걸어 나갔다.
그리고
작게 중얼거렸다.
"왕이 사라진 나라에서…"
"선비는 어디로 가야 하는가?"

바람이 그의 옷자락을 흔들었다.
그날 조선의 한 선비가
세상을 떠날 준비를 하고 있었다.
칼로 싸우는 세상이 아니라
기억으로 싸우는 세상을 향해.

그리고
멀리 사육신의 운명은
이미 피의 길로 걸어가고 있었다.

한반도 지형 (봄)

제16장. 밀지密旨

한양의 겨울밤.
경복궁의 지붕 위로 함박눈이 조용히 내리고 있었다.

궁궐은 겉으로는 평온했다.
그러나
그 평온은 폭풍 전의 고요였다.

군사들은 궁문을 지키고 있었고
수양대군의 눈과 귀가 궁궐 곳곳에 숨어 있었다.

누군가의 숨소리까지 의심받는 밤.
그 밤에 한 소년이 등불 앞에 앉아 있었다.
단종.
조선의 왕.

그러나

세상은 이미
그를 왕으로 대하지 않고 있었다.

등불이 흔들렸다.
소년의 얼굴 위에 그림자가 길게 드리워졌다.

단종의 손에는 붓이 들려 있었다.
그러나
그 붓은 쉽게 움직이지 않았다.

왕의 명령을 내리는 붓.
그 명령 하나가 사람들을 죽음으로 보낼 수도 있었다.

단종은 한참 동안 종이를 바라보았다.
그리고
작게 중얼거렸다.
"나는…"
"왕인가?"
대답하는 사람은 없었다.

그때
곁에 서 있던 늙은 내관이 조심스럽게 말했다.
"전하."

단종이 고개를 들었다.
"아직…"
내관이 말했다.
"전하를 따르는 분들이 많사옵니다."

단종의 눈이 조금 흔들렸다.
"누구인가?"
내관은 잠시 머뭇거렸다.
그리고 작게 말했다.
"성삼문."
"박팽년."
"하위지."
"이개".,
"유성원".,
"유응부"..

그 이름들은 방 안에 조용히 울렸다.
충신들의 이름.
목숨을 내놓은 사람들의 이름.
단종의 손이 천천히 떨렸다.

"그들이…"
"아직도 나를 따르는가?"

내관이 고개를 숙였다.

"전하."

"그들은 전하를 주상으로 믿고 있아옵니다."

잠시 침묵.

눈이 창문에 부딪혔다.

단종이 천천히 붓을 들었다.

그리고

종이 위에 글을 쓰기 시작했다.

한 글자.

또 한 글자.

그 글자는 천천히 이어졌다.

왕의 뜻.

비밀의 명령.

밀지(密旨).

그러나

그 글은 명령이라기보다 부탁에 가까웠다.

단종이 말했다.

"이 글이…"

"사람들을 죽게 할 수도 있겠지."

내관이 아무 말도 하지 못했다.

단종이 붓을 멈추었다.
그리고
조용히 말했다.
"그래도…"
"왕이라면."

그의 눈이 단단해졌다.
"백성을 지켜야 한다."
그리고
다시 글을 썼다.

잠시 후
단종이 붓을 내려놓았다.
종이 위에는 짧은 글이 적혀 있었다.
그러나
그 글의 무게는 나라의 무게였다.

단종이 말했다.
"이것을…"
내관이 무릎을 꿇었다.
"전하."
"가서 전해라."

"누구에게 전하옵니까?"

단종은 잠시 눈을 감았다.
그리고 말했다.
"성삼문에게."

그 이름이 공기 속으로 떨어졌다.
역사의 이름.
피의 이름.
내관은 두 손으로 밀지를 받았다.

그의 손이 아주 조금 떨리고 있었다.
두루마리 종이 한 장.
그러나
그 종이 한 장이
나라의 운명을 흔들 수 있었다.

그날 밤
궁궐의 작은 문이 조용히 열렸다.
한 사람이 어둠 속으로 나갔다.
눈이 내리고 있었다.
발자국이 금세 사라졌다.

한양의 다른 곳.
성삼문은 등불 앞에 앉아 있었다.

문이 조용히 세 번 두드려졌다.
톡.
톡.
톡.
성삼문이 문을 열었다.

내관이 작은 봉투를 내밀었다.
"전하의 밀지입니다."
성삼문의 눈이 번뜩였다.

그는
천천히 봉투를 열었다.
그리고
글을 읽었다.

한 줄.
그리고 마지막 줄.
성삼문은 잠시 눈을 감았다.

그의 입에서 낮은 숨이 새어 나왔다.

"전하…"
그의 눈에 눈물이 고였다.

그러나
곧 사라졌다.
그 대신 단단한 결심이 남았다.

성삼문이 말했다.
"왕이 부르신다."
그는
천천히 자리에서 일어났다.

그리고
조용히 말했다.
"이제…"
"돌이킬 수 없다."

등불이 세게 흔들렸다.

그날 밤
한 장의 종이가 조선의 역사를
피로 물들이기 시작하고 있었다.

한반도 지형 (여름)

제17장. 발각

새봄이 가까워지고 있었다.
그러나
한양의 공기는 여전히 차가웠다.
궁궐의 담장 위로 까마귀 한 마리가 울었다.
"까악~~깍"
그 울음은 어쩐지 불길했다.

경복궁.
수양대군의 거처.
넓은 방 안에 장수들과 대신들이 서 있었다.
그리고
방 한가운데
한 사람이 무릎을 꿇고 있었다.

그의 옷은 찢어져 있었다.
얼굴에는 피가 묻어 있었다.

수양대군이 천천히 말했다.
"그래서."
그의 목소리는 낮았다.

그러나
그 안에는 칼날이 있었다.
"누가 왕을 되찾으려 한다고?"
그 사내가 떨리는 목소리로 말했다.
"성… 성삼문입니다."

순간
방 안의 공기가 무겁게 가라앉았다.
수양대군의 눈이 천천히 좁아졌다.
"성삼문."

그는 작게 웃었다.
"집현전 학사."
"세종의 총애를 받던 그 충신 말이군."

수양대군이 술잔을 들었다.
그리고
천천히 마셨다.
"성삼문 충신이라…"

그는
잔을 내려놓았다.
"충신? 충신이란 말이 참 좋긴하지."
그의 눈이 어둡게 빛났다.
"칼을 들면 역적이고, 침묵하면 충신이라 부르니까..."

그는
천천히 자리에서 일어났다.
그리고
무릎 꿇은 사내 앞에 섰다.
"그들이 무슨 짓을 도모하려 했다는 건가?"
사내가 고개를 떨구었다.
"전하를… 다시 왕위에 세우려고…"

말이 끝나기도 전에
퍽.
군사의 발이 사내의 등을 찼다.
사내가 바닥에 쓰러졌다.

수양대군이 씁쓰레한 상으로 조용히 말했다.
"왕?"
그는 천천히 고개를 기울였다.
"왕은 이미 있다."

그의 입가에 차가운 미소가 떠올랐다.
"바로 나다."

그날 밤.
한양의 거리.
군사들이 조용히 움직이기 시작했다.
말발굽 소리가 돌길을 울렸다.

사람들은 문을 닫았다.
등불이 하나둘 꺼졌다.
그리고
어둠 속에서 문이 두드려졌다.

성삼문의 집.
탕.
탕.
타앙.
문이 거칠게 열렸다.
군사들이 쏟아져 들어왔다.

성삼문은 이미 알고 있었다.
그는
등불 앞에 앉아 있었다.

군사가 외쳤다.
“역적 성삼문!”
“수양대군의 명으로 체포한다!”

성삼문은 천천히 고개를 들었다.
그리고
조용히 말했다.
“늦었구려.”

군사가 칼을 빼들었다.
“무슨 말이냐?”

성삼문이 미소를 지었다.
“나는 이미 각오했다.”

그의 눈이 조용히 빛났다.
“왕을 섬긴 죄라면.”
그는
두 손을 내밀었다.
“내 기꺼이 받겠다.”

군사들이 그의 팔을 묶었다.
그러나

성삼문의 걸음은 흔들리지 않았다.

그날 밤
박팽년도 잡혔다.
하위지도.
이개도.
유성원도.
유응부도.
한양의 하늘 아래 충신들이 하나씩 묶여 갔다.

수양대군은 보고를 받았다.
"모두 잡혔습니다."
그는
잠시 생각했다.

그리고 천천히 웃었다.
"좋다."
"이제…"
그의 눈이 매섭게 빛났다.
"충신이 얼마나 오래 버티는지 보도록 하자."

새벽.
한양의 감옥.

성삼문은 쇠사슬에 묶여 있었다.
그의 얼굴은 모진 고문에 피와 멍으로 얼룩져 있었다.
그러나
그의 눈은 여전히 살아 있었다.

간수가 물었다.
"이보시오. 왜 그랬소?"
"조용하게 살 수도 있었는데."
성삼문이 조용히 웃었다.
"살아?"

그는
천천히 말했다.
"왕이 있는데 역적을 왕이라 부르며 사는 것이…"
그의 눈이 번쩍였다.
"그게 사는 것이냐?"

간수가 말을 잃었다.
성삼문이 하늘을 바라보았다.
창살 사이로 새벽빛이 들어오고 있었다.

그는 작게 말했다.
"전하."

"우리는…"
잠시 숨을 골랐다.
"아직 끝나지 않았사옵니다."

그러나
멀리 궁궐에서
수양대군은 이미 다음 명령을 준비하고 있었다.

"혹독하게 심문하라."
"철저하게 음모를 낱낱이 파헤쳐라!"
그는
조용히 덧붙였다.
"뼈가 부러져도 좋다. 그럴수록 입은 열리게 되어 있다."
"처절하도록 내리쳐라."

그날
조선의 충성은
칼과 고문 앞에 서게 되었다.

한반도 지형 (가을)

제18장. 처형장

도성의 아침.

하늘은 유난히 맑았다.

그러나

도성의 공기는 무거웠다.

사람들이 조용히 한곳으로 모여들고 있었다.

종로의 넓은 공터.

형장이 세워진 곳이었다.

무사들에게 끌려 '역적'이라고 붙인 수레들이 도착했다.

군사들이 창을 세우고 둘러서 있었다.

붉은 깃발이 바람에 펄럭였다.

그 깃발 아래

여섯 명의 죄인이 쇠사슬에 묶인 채 서 있었다.

성삼문.

박팽년.
하위지.
이개.
유성원.
유응부.
조선을 뒤흔든 이름.

사람들이 숨을 죽였다.
그들은 알고 있었다.
오늘 조선의 충신들이 죽는다는 것을.

군관이 외쳤다.
"죄인들을 앞으로 끌어내라!"
쇠사슬이 찰칵 울렸다.

사육신이 한 명씩 천천히 앞으로 걸어 나왔다.
그들의 옷은 갈기갈기 찢어져 있었다.
몸에는 고문의 흔적이 남아 선혈이 낭자해 있었다.
그러나
그들의 걸음은 무너지지 않았다.

쇠사슬이 철컥거리며 움직인다.
그러나

그들의 걸음은
이상할 만큼 당당하다.

성삼문이 하늘을 올려다보았다.
푸른 하늘.
그는 조용하게 말없이 웃었다.

박팽년이 옆에서 말했다.
"날이 좋군."

성삼문이 고개를 끄덕였다.
"충신이 죽기엔 너무 좋은 날이오."

군관 하나가 앞으로 나왔다.
그는 두루마리를 펼쳤다.
그리고
큰 목소리로 읽기 시작했다.
"왕명을 거역하고 역모를 꾀한 죄!"
"수양대군을 시해하고 폐왕을 복위시키려 한 죄!"

군중 사이에서 숨죽인 탄식이 흘렀다.
그러나
사육신은 고개를 숙이지 않았다.

관리의 목소리가 더 커졌다.
"이들은 나라를 어지럽힌 대역죄인이다!"
"지금 즉시 처형을 시작한다!"

잠시 침묵.
그때
성삼문이 앞으로 한 걸음 나왔다.

군사가 그를 제자리로 밀쳤다.
그러나
그는 멈추지 않았다.
그리고 크게 외쳤다.
"들어라!"

사람들이 숨을 삼켰다.
성삼문의 목소리는 형장 위에 울렸다.
"조선에는 아직 왕이 있다!"

군관이 소리쳤다.
"입 다물어라!"
그러나
성삼문은 더 크게 외쳤다.
"왕은 단종이시다!"

그의 목소리는 하늘을 찢었다.
"대역죄인? 역적은 왕을 빼앗은 자, 수양대군이다!"

순간
군사들이 그의 입을 막았다.
그러나
이미 늦었다.
사람들 사이에서 참았던 울음이 터졌다.

박팽년이 너털 웃으며 말했다.
"성삼문."
"결국 말했버렸군."

성삼문이 고개를 끄덕였다.
"죽기 전에 해야 꼭 할 말이었소."

하위지도 말했다.
"우리가 죽어도…"

이개가 말을 이었다.
"진실은 죽지 않을 것이오."

유성원이 조용히 말했다.

"전하께서 들으실까?"

유응부가 하늘을 바라보았다.
"하늘이 듣고 있다."

군사들이
그들에게 무릎을 꿇으라고 다그쳤다..
그러나
성삼문은 무릎을 꿇지 않았다.

군관이 재차
"무릎을 꿇어라!"고 소리쳤다.

성삼문은
"나는 죄인이 아니다."

사람들 사이에서
숨죽인 탄성이 나왔다.

군관이 재차 거세게 말했다.
"너는 역적이다!"

성삼문은 다시 외쳤다.

"아니다. 나는 왕을 지킨 신하다."

순간
처형장 위의 공기가 얼어붙었다.

유응부도 소리쳤다.
"왕이 아직 살아 있는데 어찌 우리가 역적인가?"

하위지가 더 큰 소리로 외쳤다.
"왕을 버린 자들이 역적이다."

군관의 얼굴이
굳어졌다.
"입을 다물라고 했다!"

이개도 마지막으로 표호했다.
"입을 닫을 생각이었다면
우리는 처음부터 이곳에 오지 않았을 것이다."
"네 이놈들, 나는 죽기로 각오한 몸, 나는 죽어도 좋다."

백성들 사이에서 계속 울음이 터져나왔다.
한 노인이 되뇌었다.
"저분들이 진짜 충신이다…"

군사들이 노인을 밀어냈다.

군관이 외쳤다.
"역적들을 처형한다!"
"집행을 준비하라!"

칼이 천천히 들렸다.
햇빛이 칼날에 반짝거렸다.

성삼문이 마지막으로 말했다.
"전하."
그의 목소리는 이상하게 평온했다.
"신들은…"

그는 미소를 지었다.
"신들은 끝까지 왕의 신하이옵니다."
"전하의 이름이 다시 불릴 것입니다."

순간
북이
폭발하듯 울리자.
군관이 소리쳤다.
"형을 집행하라!"

칼이 높이 올라갔다.
잠시
완벽한 침묵.

그때
백성들 사이에서
한 어린 아이가 외쳤다.
"전하를 보고 싶어요!"

여기저기에서
백성들이 눈물을 흘릴 때
차마 눈을 뜨고 볼 수 없었다.
백성들은 눈을 감았다.

차례로 순식간에 칼이 떨어졌다.
한순간.
형장에는 피가 붉게 튀었다.
처절한 영혼의 피는 마당에다 누가 대역적인지
그림을 그렸다.

사람들이 더욱 울기 시작했다.
누군가는 고개를 숙였고
누군가는 눈을 가렸고

누군가는 눈을 뜰 수 없었다.

아무도 그 자리를 떠나지 않았다.

그날
여섯 명의 충신이 처형당했다.
그러나 그들의 이름은 죽지 않았다.

바람이 형장을 처참하게 엄습했다.
사지가 찢기고 목이 잘리자 붉은 피가 땅에 스며들었다.
눈을 감지 못한 머리가 죄패와 함께 망대에 매달렸다.

바람이 형장을 스쳤다.
붉은 피가 땅에 스며들었다.

그리고
멀리 궁궐 깊은 곳에서
어린 왕 단종은 아무것도 모른 채
하늘을 올려다보고 있었다.

그날
조선의 하늘 아래
충성은 목숨을 잃었다.

그 충성은 떠나지 못하고 원혼이 되어 궁중을 맴돌았다.
'충신은 무엇인가?'
'순천자는 존하고, 역천자는 망하나니'
'역사는 심판할 것이리라.'
'하늘이 갚아줄 것이니'
'몸은 죽어도 충성은 죽지 않으리니'

그러나
역사는 그 순간을 영원히 기억하게 된다.

어둠 속에서
한 목소리가 울린다.

속삭임이었다.
"충성은 칼로 죽일 수 없다."

국민들의 노여움이
합창이 되어 오늘도 불려진다.

"피는 흘러
땅이 되고

이름은 남아

역사가 된다

왕을 위해
죽은 여섯 사람

그들의 이야기는
천 년을 지나
다시 살아나리라"

붉은빛 속에서
여섯 사람의 그림자가
하늘로 올라갔다.

한반도 지형 (겨울)

제19장. 피로 부르는 노래

형장은 비어 있었다.
사람들은 이미 흩어졌지만
그곳의 공기는 아직도 무거웠다.

붉은 피가 흙 위에 남아 있었다.
군사들은 그 피를 덮기 위해 흙을 뿌렸다.

그러나 피의 색은 쉽게 사라지지 않았다.

한양의 거리.
사람들은 조심스럽게 걷고 있었다.
누구도 큰 소리로 말하지 않았다.

그러나 속삭임은 점점 퍼지고 있었다.
"성삼문이 마지막에…"
"왕이 단종이라 외쳤다더라."

"형장 전체가 들을 만큼…"
"크게…"

어떤 노인은 눈물을 닦았다.
"죽을 때까지도 진짜 충신이더라고…"
그 말을 들은 젊은 장정이 주위를 살폈다.
"조심하십시오."
"귀가 많습니다."

노인은 고개를 끄덕였다.
그러나 그의 입에서 다시 말이 흘러나왔다.
"그래도…"
"잊으면 안 되지."

그날 밤.
한양의 어느 서당.
등불 하나가 작게 흔들리고 있었다.
젊은 선비 몇 명이 모여 있었다.

그들은 아무 말도 하지 않았다.
탁자 위에는 종이 한 장이 놓여 있었다.

누군가가 천천히 붓을 들었다.

그리고 글을 쓰기 시작했다.

한 줄.
그리고 또 한 줄.
그 글은 시가 되었다.
노래가 되었다.

"몸은 비록 칼 아래 쓰러졌으나
충성의 마음은 하늘에 남았다."

붓이 잠시 멈추었다.
선비의 눈에 눈물이 맺혔다.

그리고 다시 썼다.
"피는 땅에 스며들어도 뜻은 사라지지 않는다."

한 선비가 조용히 물었다.
"이걸… 퍼뜨릴 겁니까?"
다른 선비가 고개를 들었다.
"그래."
"누군가는 기억해야 하니까."
또 한 사람이 말했다.
"잡히면 죽습니다."

그 말은 사실이었다.
수양대군의 세상에서 충신의 이름을 말하는 것조차
목숨을 걸어야 했다.

그러나 붓을 들었던 선비가 조용히 말했다.
"이미 죽은 사람들이 있다."
그는 종이를 바라보았다.
"그들이 피로 쓴 노래다."

며칠 뒤.
한양의 시장.
어떤 거지가 조용히 노래를 부르고 있었다.

사람들은 그저 지나가는 척했다.
그러나
그 노래는 귀에 들어왔다.
"몸은 죽어도 충성은 죽지 않는다…"

노래는 작았다.
그러나 이상하게도 사람들의 마음을 울렸다.

어떤 여인은 눈물을 훔쳤고
어떤 장정은 고개를 숙였다.

그 노래는 조용히 퍼져갔다.
시장.
서당.
술집.
그리고 밤의 골목.

누군가가 부르기 시작하면
다른 누군가가 이어 불렀다.
그것은 반역의 노래가 아니었다.
기억의 노래였다.

궁궐 깊은 곳.
수양대군의 귀에도 그 소문이 들어갔다.

신하 하나가 조심스럽게 말했다.
"백성들이… 노래를 부른다고 합니다."

수양대군이 고개를 들었다.
"노래?"
"사육신을 기리는…"

잠시 침묵.
수양대군이 천천히 웃었다.

"노래는 칼이 아니다."

그는 잔을 들었다.
"부르게 두어라."
그러나 그의 눈은 차갑게 빛났다.
"다만…"

그는 천천히 말했다.
"너무 크게 부르면 목이 잘릴 뿐이다."

그날 밤.
한양의 하늘 아래 누군가가 작게 노래를 불렀다.
그리고 또 다른 누군가가 그 노래를 이어 불렀다.

사람들은 소리를 낮추었다.
그러나 그 노래는 사라지지 않았다.
피로 쓰인 노래.
충성으로 만들어진 노래.

그 노래는 조선의 시간 속에서
오래 아주 오래 울려 퍼지게 된다.

청령포

제20장. 백성들의 울음

형장의 피는 흙 속으로 스며들었다.
그러나
그날의 이야기는 사라지지 않았다.

한양의 바람이 그 이야기를 실어 나르고 있었다.
골목에서 골목으로.
집에서 집으로.
사람들의 입에서 조심스럽게 흘러나왔다.

남대문 시장.
아침 장이 열렸지만,
사람들의 얼굴은 어두웠다.

생선 장수는 물건을 내려놓은 채 말했다.
"어제… 들어봤소?"
채소를 고르던 여인이 고개를 숙였다.

“봤습니다.”
“성삼문이…”

그녀는 잠시 말을 멈추었다.
그리고
눈을 닦았다.
“끝까지 왕을 불렀습니다.”

옆에서 듣고 있던 늙은 장정이 천천히 말했다.
“그래야 제대로 된 충신이지.”
그의 목소리는 거칠었지만,
눈은 젖어 있었다.

시장 한쪽.
아이 하나가 어머니의 옷자락을 잡았다.
“어머니.”
“왜 사람들이 울어요?”

어머니는 아이를 바라보았다.
잠시
아무 말도 하지 못했다.
그리고
아이를 안았다.

"좋은 사람들이…"
그녀의 목소리가 조금 떨렸다.
"좋은 사람들이 떠났기 때문이란다."

아이는 눈을 깜박였다.
"좋은 사람들은…"
"왜 죽어요?"
어머니는 대답하지 못했다.
그저
아이의 머리를 쓰다듬었다.

그날 밤.
한양의 작은 집.
등불 하나가 작게 흔들리고 있었다.
집 안에는 여러 사람이 모여 있었다.

누군가는 분노했고
누군가는 두려워했다.
그러나
대부분은 말없이 앉아 있었다.

한 선비가 입을 열었다.
"조선이…"

그는 한숨을 내쉬었다.
"어디로 가는 것인가?"

다른 선비가 조용히 말했다.
"충신이 죽는 나라."
그는 잔을 들었다.

그리고
낮게 말했다.
"그런 나라가 오래 가겠소?"
방 안에 침묵이 흘렀다.

궁궐.
수양대군은 보고를 받고 있었다.
"백성들이… 슬퍼하고 있습니다."

그는 잠시 아무 말도 하지 않았다.
그리고
천천히 물었다.
"그래? 분노하는가?"
신하가 고개를 숙였다.
"아닙니다."
"그저… 울고 있습니다."

수양대군이 짧게 웃었다.
"울음은 오래가지 않는다."

그는 잔을 비웠다.
"배가 고프면 사람들은 울음을 잊는다."
그의 말은 차가웠다.

그러나
그날 밤
한양의 수많은 집에서
등불이 늦게까지 꺼지지 않았다.
사람들은 이불 속에서 울었고
창가에서 울었고 조용히 하늘을 보며 울었다.

그 울음은 분노가 아니었다.
그것은 무너진 정의를 붙잡으려는 울음이었다.

어느 늙은 선비가 마당에 나와 하늘을 바라보았다.
별이 차갑게 빛나고 있었다.
그는 작게 중얼거렸다.
"충신이 죽는 나라에서…"
"백성은 무엇을 믿고 살아야 하는가?"

바람이 그의 수염을 흔들었다.
그리고
그의 눈에서 눈물이 천천히 흘러내렸다.

그날
한양의 밤에는 많은 울음이 있었다.
그러나
그 울음은 단순한 슬픔이 아니었다.

그것은 잊지 않겠다는 백성들의 맹세였다.
시간이 지나면 많은 것이 사라질 것이다.
권력도
사람도
이름도

그러나
그날 백성들이 흘린 눈물은
조선의 기억 속에 아주 오래
아주 깊이 남을 것이다.

청령포

뮤지컬 클라이맥스
죽어도 왕은 살아 있다

(무대는 어둡다)

차가운 바람 소리.

천천히

등불 하나가 켜진다.

무대 한쪽에는

형장의 붉은 흙.

다른 쪽에는

궁궐의 높은 문.

그리고

사람들의 그림자.

합창 (조용히)

눈이 내린다

피 위에 내린다

칼은 지나갔고
사람은 쓰러졌지만

이 밤의 기억은
지워지지 않는다

백성들

그들이 갔다
충성의 길로

이름은 사라져도
뜻은 남는다

누가 말하는가?
왕이 끝났다고

합창 (점점 커지며)

아니다
아니다

왕은
끝나지 않았다

(무대 중앙에 어린 왕의 그림자가 나타난다)

단종

나는
왕이었는가?

아니면
버려진 아이였는가?

궁궐은 조용하고
세상은 멀다

그러나
내 이름을
부르는 사람이 있다면

나는
아직 왕이다

성삼문의 목소리 (무대 뒤에서)

전하

우리는
쓰러졌습니다

그러나
우리는
떠나지 않았습니다

사육신의 합창

몸은 죽어도
충성은 죽지 않는다

피는 흙으로 가도
뜻은 하늘로 간다

칼이 우리를
베어도

왕은

살아 있다

전체 합창 (클라이맥스)

죽어도
왕은 살아 있다

시간이 지나도
왕은 살아 있다

피로 쓴 이름
눈물의 역사

조선의 하늘 아래
울려 퍼진다

죽어도
왕은 살아 있다

죽어도
왕은 살아 있다

왕은

살아 있다

(음악이 멈춘다)

무대 위에
눈이 천천히 내린다.

어린 왕의 그림자와
쓰러진 충신들의 그림자가

하나로
겹쳐진다.

그리고
천천히
어둠.

막이 닫힌다.

동강 둥글바위

제4부

사랑과 이별

인간 단종

제21장. 폐위

1455년 여름.

경복궁의 아침은 이상할 만큼 고요했다.

종이 울리지 않았다.

북도 울리지 않았다.

대신들의 발걸음만이 돌바닥 위에서 낮게 울리고 있었다.

근정전.

조선의 왕이 나라의 신하들과 만나는 자리.

그러나 그날

그 전각에는 보이지 않는 칼이 떠다니고 있었다.

어린 왕 단종은 옥좌에 앉아 있었다.

열다섯의 나이.

왕의 곤룡포가 그의 어깨에 너무 크게 보였다.

그의 눈은 침착했지만,

어딘가 먼 곳을 보고 있었다.
전각 아래에는 대신들이 줄지어 서 있었다.

그러나
그들 중 많은 이들이 고개를 들지 못했다.
모두 알고 있었다.
오늘 무슨 일이 일어날지.

그때
근정전의 문이 천천히 열렸다.
무거운 발걸음.
수양대군이 들어왔다.

그의 뒤에는 무장한 군사들이 서 있었다.
조선의 궁궐에서 보기 힘든 광경이었다.
대신들의 시선이 잠시 흔들렸다.

수양대군은 천천히 전각 가운데로 걸어왔다.
그리고 고개를 숙였다.
"전하."
그의 목소리는 차분했다.
그러나 그 안에는 칼날이 숨어 있었다.

한 대신이 두루마리를 들고 앞으로 나왔다.
그의 손이 조금 떨리고 있었다.

그는 펼쳐 읽기 시작했다.
"전하께서는 어리시어…"

그의 목소리가 전각에 울렸다.
"정사를 제대로 돌보지 못하시고
나라의 근심이 깊어졌으니…"

어떤 대신의 어깨가 부르르 떨렸다.
그러나 아무도 말을 하지 않았다.

"이에…"
두루마리의 마지막 문장이 읽혀졌다.
"왕위를 거두어 노산군으로 삼는다."
그 순간
근정전의 공기가 멈춘 듯했다.

단종은 잠시 아무 말도 하지 않았다.
그는 천천히 대신들을 바라보았다.
익숙한 얼굴들.
어릴 때부터 곁에 있던 사람들.

그러나 그들 대부분은 고개를 숙이고 있었다.
단종이 조용히 물었다.

"이것이…"
그의 목소리는 놀랄 만큼 차분했다.
"나라의 뜻인가?"

대답은 없었다.
긴 침묵.
전각의 바람 소리만이 들렸다.

단종의 눈이 수양대군을 향했다.
"숙부님."

그는 천천히 말했다.
"정말 이것이 나라를 위한 일입니까?"
그리고 또 한 말을 힘주어 내뱉었다.
"종묘사직과 하늘이 두렵지 않소이까?"

수양대군은 잠시 아무 말도 하지 않았다.
그리고 천천히 대답했다.
"나라에는 강한 왕이 필요합니다."

그의 눈은 냉엄하고도 차가웠다.
"전하는… 아직 어리십니다."
그 말은 칼처럼 날카로웠다.

잠시 후
평상심을 찾은
단종이 체념 상태로 고개를 떨구었다.
그의 얼굴에는 분노도
원망도 없었다.

그저 현실에 어떤 깨달음이 있었다.
"내 반드시 기억하리다."

그는 천천히 자리에서 일어났다.
왕의 자리.
조선의 옥좌.
그 자리에서 소년 왕이 내려왔다.
곤룡포 자락이 돌바닥 위를 스쳤다.

단종이 마지막으로 전각을 바라보았다.
그곳은 그가 어린 나이에 왕이 되었던 곳이었다.
세종의 손자.
문종의 아들.

조선의 왕.
그러나 그 시간은 너무 짧았다.

단종은 조용히 자신에게 말했다.
"이제…"
그의 눈이 하늘을 향했다.
"나는 누구인가?"
아무도 대답하지 않았다.

그날
조선은 정통 적통왕 하나를 찬탈당했다.
그러나 그 순간의 침묵은 아주 오래 남았다.
근정전의 돌바닥은 소년 왕의 발걸음을
기억하고 있었다.

그리고
그 발걸음 소리는 조선의 역사 속에서
가장 슬픈 걸음 중 하나로 남게 된다.

선돌 (가을)

제22장. 노산군

폐위가 선포된 날 이후,
궁궐의 공기는 완전히 달라졌다.
어제까지 왕이 있던 자리.
그러나
그 자리는 하루아침에 비어 있었다.

사람들은 그 이름을 조심스럽게 바꾸어 불렀다.
단종.
조선의 왕.
그러나 이제 그의 이름은 노산군이었다.

궁궐의 작은 문.
군사들이 조용히 서 있었다.
말 한 마리가 기다리고 있었다.

그리고

한 소년이 천천히 걸어 나왔다.
노산군.
옛 왕.

옷은 이미 왕의 옷이 아니었다.
화려한 곤룡포 대신 검소한 옷.

그러나
그의 걸음은 여전히 왕의 걸음이었다.

문 앞에서 그는 잠시 멈추었다.
그리고
뒤를 돌아보았다.

경복궁의 지붕들이 겹겹이 보였다.
어릴 적 그는 이 궁궐에서 왕이 되었다.
세종의 세손자.
문종의 맏아들.
조선의 왕.
그러나
그 왕의 시간은 너무 짧았다.

노산군이 조용히 말했다.

"저곳이…"
그의 눈이 멀어졌다.
"나의 집이었지."

옆에 있던 내관이 눈을 떨구었다.
그 역시 눈물이 고여 있었다.

그때
군사 하나가 거칠게 말했다.
"시간이 없습니다."
그 말은 예의가 없었다.

그러나
이제 예의는 필요 없는 세상이었다.
노산군은 고개를 끄덕였다.

"알겠소."
그는 천천히 말에 올랐다.

궁궐의 문이 열렸다.
말이 돌길 위를 걸었다.
궁궐의 담장이 점점 멀어졌다.

사람들은 멀리서 그 모습을 보고 있었다.
그러나
아무도 가까이 오지 못했다.

누군가는 고개를 숙였고
누군가는 몰래 눈물을 닦았다.

한 늙은 궁녀가 담장 뒤에서 울고 있었다.
"전하…"
그러나
그 목소리는 바람에 묻혔다.

노산군은 뒤를 돌아보지 않았다.
그는 앞만 바라보고 있었다.

그러나
그의 눈에는 궁궐의 기억이 지나가고 있었다.
어릴 때 뛰놀던 정원.
왕이 된 날.
총애하시던 아버지 문종의 얼굴.
그리고
부인 정순왕후의 미소.

노산군이 작게 중얼거렸다.
"나는…"
그는 잠시 말을 멈추었다.

그리고
천천히 말했다.
"왕이 아니어도 괜찮다."
그의 눈이 하늘을 향했다.
"그러나…"

그는 조용히 덧붙였다.
"나는 단종이다."

말은 도성을 떠나고 있었다.
남대문이 멀어졌다.
한양의 지붕들이 점점 작아졌다.

그리고
조선의 옛 왕은 산과 강을 향해
천천히 떠나고 있었다.

그날
조선은 왕을 하나 잃었다.

그러나
그날 떠난 소년은 단순한 폐왕이 아니었다.

그는 조선 역사에서
가장 슬픈 이름이 될 사람이었다.
노산군.

그리고
사람들은 훗날 그를 다시 부르게 된다.
단종.

짧게 빛나고 길게 슬퍼진
한 왕의 이름으로.

'이제, 이 나라는 어찌될 것인가?'
'이제, 어떻게 할 것인가?'
'이제, 누구와 살 것인가?'

선돌 (겨울)

제23장. 영월로 가는 길

한양의 성문이 천천히 멀어지고 있었다.
남대문 밖 길.
말발굽 소리가 돌길 위에서 울렸다.

노산군의 행렬이었다.
앞에는 군사들이 걷고 있었고
뒤에는 몇 명의 관리와 내관이 따르고 있었다.

그러나 그 행렬은 왕의 행차가 아니었다.
깃발도 북소리도 환호도 없었다.
그저 조용히 떠나는 한 사람의 길이었다.

노산군은 말 위에 앉아 있었다.
그의 시선은 멀리 있었다.

한양의 지붕들이 점점 작아지고 있었다.

그 지붕 아래에서 그는 왕으로 살았다.
그러나 그 시간은 너무 짧았다.

말이 천천히 강을 건넜다.
한강이었다.
노산군은 잠시 고개를 들어 물을 바라보았다.

강물은 조용히 흐르고 있었다.
그는 작게 말했다.
"이 강을…"
"왕으로 건넜던 적이 있었지."

옆에 있던 늙은 내관이 고개를 숙였다.
그도 기억하고 있었다.

어린 왕이 궁 밖으로 나왔던 날.
백성들이 길을 가득 메웠던 날.

그러나 오늘은 달랐다.
강 위의 바람만이 조용히 불고 있었다.

바람을 타고 말 위에 앉은 건지
말을 타고서 바람을 재촉하는지

행렬은 계속 동남쪽으로 향했다.

산이 점점 높아졌다.
길은 점점 험해졌다.
한양의 넓은 길은 사라지고
좁은 산길과 내가 이어졌다.

어느 마을을 지날 때였다.
사람들이 멀리서 행렬을 바라보고 있었다.
그들은 이미 알고 있었다.

저 사람이 누구인지.
옛 왕.
수양대군에게 권좌를 뺏긴 왕
단종.

그러나 아무도 그 이름을 부르지 못했다.
군사들의 눈이 날카로웠기 때문이다.

그때
어떤 늙은 농부가 모자를 벗었다.
그리고 조용히 허리를 숙였다.
말없이 하는 인사였다.

다른 사람들도 하나둘 고개를 숙였다.

노산군은 그 모습을 보았다.
그의 눈이 잠시 흔들렸다.
그러나 아무 말도 하지 않았다.
그저 조용히 고개를 끄덕였다.

해가 천천히 기울고 있었다.
산 그림자가 길 위로 길게 드리워졌다.
행렬은 작은 주막에서 멈추었다.

군사들이 나무들을 모아 모닥불을 피웠다.
밤이 내려오고 있었다.

노산군은 혼자 앉아 있었다.
멀리 산이 어둠 속으로 잠기고 있었다.

그는 천천히 하늘을 바라보았다.
별이 하나둘 떠오르고 있었다.
그리고
이따금 별똥별이 하나씩 떨어지고 있었다.

갑자기

한양의 궁궐이 생각났다.
정순왕후.
어린 왕비.

지금도 그 궁궐 어딘가에서
하늘을 바라보고 있을지 모른다.

노산군이 작게 속삭이듯이 말했다.
"왕비야."

그의 목소리는 바람에 실렸다.
"나는…"

그는 잠시 말을 멈추었다.
그리고 조용히 말했다.
"멀리 가고 있다."

산속의 밤은 깊었다.
불꽃이 작게 흔들렸다.
그리고 옛 왕의 그림자가 땅 위에 길게 드리워졌다.

그 그림자는 한 왕의 그림자가 아니라
집을 잃은 한 소년의 그림자였다.

다음 날 아침.
행렬은 다시 길을 떠났다.
한양~경기 광주~양평~여주 산과 강을 지나
점점 거칠어지는 험한 길을 따라
치악을 넘고
원주 신림 솔치재, 영월 배일치 고개를 넘어
강원도 두메산골 영월 청령포로 향하고 있었다.

그곳에는 높은 궁궐도
많은 신하도 화려한 옥좌도 없었다.
그저 깊은 산과 조용한 강만 있었다.

그날
조선의 옛 왕은 세상에서 가장 긴 길을
걷고 있었다.

왕에서 한 사람으로
권력에서 고독으로

그리고
역사 속으로 천천히 걸어가고 있었다.

이때 조카인 단종 복위를 도모하던 금성대군도 삭녕에서 경상
도 순흥으로 유배지가 옮겨졌다.

한반도 지형의 노을

뮤지컬 장면

<u>유배길</u>

(무대 연출)

어둠 속에서 천천히 북소리가 울린다.

무대 뒤에는 거대한 산의 그림자.

희미한 안개가 깔리고

멀리서 한양의 종소리가 마지막으로 울린다.

무대 중앙.

초라한 마차 하나.

그 옆에 서 있는

소년 왕 단종.

이제 그는 왕이 아니다.

노산군.

군사들이 둘러서 있고
몇 명의 관리가 고개를 숙이고 서 있다.

군관

출발하시오.

영월까지
길이 멉니다.

단종은 잠시 뒤를 돌아본다.
멀리
보이지 않는 궁궐을 바라본다.

단종

저곳에
내가 살던 궁이 있겠지.

내가
왕이었던 자리도.

군사들이 시선을 피한다.

관리 (작게)

전하…

단종 (조용히 웃으며)

이제
전하가 아니오.

나는
노산군이오.

(음악이 천천히 시작된다.)

마차가 움직이기 시작한다.
무대 위 배경이 천천히 변한다.

백성 몇 명이
멀리서 몰래 지켜보고 있다.

한 노파가
손수건으로 눈물을 닦는다.

노파

저 아이가
그 왕이래…

남자

쉿…

들키면
큰일 난다.

노파는
조용히 절을 한다.

노파

전하…
부디 살아만 계십시오…

단종은
그 모습을 본다.

잠시
마차가 멈춘다.

단종 (속삭이며)

아직도…

나를
왕이라 부르는 사람이 있구나.

무대에 강물이 흐르는 조명이 비친다.
말발굽 소리.
바람 소리.

단종 (독백)

어릴 때
아버지께서 말씀하셨다.

왕은
.백성을 잊으면 안 된다고.

그는
강물을 바라본다.

단종

나는
그 말을
지키지 못한 왕이었을까.

군사 한 명이
고개를 숙인다.

군사

아닙니다.

모두 놀라
군사를 바라본다.

군사 (떨리는 목소리)

전하께서는…
잘못이 없습니다.

군관이
날카롭게 외친다.

군관

입 다물어라!

군사는 고개를 숙인다.
그러나
눈물이 떨어진다.

눈보라 같은 바람 소리.
산 그림자가 무대를 덮는다.

단종이
마차에서 내려 걷기 시작한다.

관리

노산군 마마
길이 험합니다.
마차에 타십시오.

단종

괜찮다.

나는
이 길을
내 발로 가고 싶다.

그는
천천히 산길을 걸어간다.

단종

왕의 길은
항상 누군가가 대신 걸어주었다.

하지만
이 길은
내 길이니까.

(음악이 점점 커진다)

달빛.

강물 소리.

멀리

청령포의 모래섬이 보인다.

단종이

강가에 서 있다.

단종

여기가

내가 살아갈

세상의 끝인가.

관리 한 명이

울음을 참으며 말한다.

관리

전하…

단종

괜찮다.

그는
하늘을 바라본다.

단종

나는
왕이었고
지금은
아무것도 아니다.

하지만
하늘은
여전히 같은 하늘이구나.

(음악이 잦아들며)

멀리서
백성들의 합창이 들린다.

합창 (멀리서)

길은 멀고
밤은 깊어도

왕의 이름은
사라지지 않는다

강은 흐르고
산은 서 있어도

소년 왕의 눈물은
바람이 된다

*단종이
강물을 바라본다.*

눈물이 떨어진다.

단종 (마지막 대사)

나는
왕이 아니어도 좋다.

그러나
조선은 부디
나보다 오래 살아남기를.

무대가 어두워진다.
강물 소리만 남는다.
그리고
멀리서 들리는
한 사람의 목소리.

속삭임

전하…

(조명이 완전히 꺼진다.)

한반도 지형의 노을

제24장. 정순왕후의 눈물

봄이 완연하게 다가왔다.
그러나 경복궁의 봄은 차가웠다.
연못의 버드나무에는 연둣빛 잎이 돋아났지만
궁궐의 공기는 얼어붙어 있었다.

왕이 사라진 궁궐.
그 자리에 남은 것은 침묵뿐이었다.

창덕궁 깊은 처소.
한 소녀가 창가에 앉아 있었다.
정순왕후.
단종의 왕비.
나이 열여섯.

그러나
그녀의 눈에는 이미 너무 많은 밤이 지나 있었다.

궁녀 하나가 조심스럽게 말했다.
"마마… 식사를 드셔야 합니다."
정순왕후는 고개를 흔들었다.
"괜찮다."

그녀의 목소리는 작았다.
궁녀가 조심스럽게 물었다.
"전하 소식이…"

왕후의 손이 멈췄다.
"들었느냐?"

궁녀가 고개를 숙였다.
"강원도 영월로…"
그 말은 끝까지 이어지지 못했다.

정순왕후의 눈이 창밖을 향했다.
궁궐 담장 너머 하늘이 보였다.

그 하늘 아래 그 사람이 있었다.
단종.
왕이었던 소년.
이제는 유배된 소년.

왕후는 천천히 일어났다.
방 한가운데 놓인 작은 상 앞에 앉았다.
그 위에는 붓과 종이가 있었다.
편지를 쓰려했다.

수없이 생각했던 일이었다.
그러나 붓을 들자 손이 떨렸다.
"전하…"

그녀의 입에서 그 이름이 나왔다.
단종.
남편의 이름.
왕의 이름.

그녀는 종이에 한 글자를 썼다.
"전"
그리고 하나 더.
"하"

그러나 그 순간 눈물이 종이 위에 떨어졌다.
먹이 번졌다.
왕후는 붓을 내려놓았다.

그녀는 기억하고 있었다.
어린 시절의 궁궐.
처음 단종을 보았던 날.
소년 왕은 조용히 웃고 있었다.
"두렵습니까?"

그가 물었다.
왕후는 그때 고개를 흔들었다.
단종이 작게 웃었다.
"저도 두렵습니다."
그 말에 왕후도 웃었다.

두 사람은 아직 어린이였다.
왕과 왕비라기보다 그저 서로를 바라보는
소년과 소녀였다.

그러나 세상은 그 시간을 허락하지 않았다.
수양대군의 군사들이 궁궐을 장악했고
신하들은 침묵했고
왕은 왕좌에서 밀려났다.

그리고 이별은 너무 갑자기 찾아왔다.

정순왕후는 천천히 무릎을 꿇었다.
그리고
바닥에 머리를 숙였다.
"전하…"
그녀의 목소리가 떨렸다.
"잘 계십니까?"

대답은 없었다.
그러나 그녀는 말을 멈추지 않았다.
"추우실까 걱정되옵니다."
"밤에… 잠은 드십니까?"
그녀의 눈물이 바닥에 떨어졌다.

궁녀들이 조용히 울고 있었다.
그러나 왕후는 그들을 보지 않았다.
그녀의 눈에는 멀리 있는 한 사람만 있었다.
영월.
험한 산 속.
그곳에서 혼자 있을 사람.

정순왕후가 작게 말했다.
"전하."
그녀는 눈을 감았다.

"다시 뵙지 못해도…"

잠시 숨이 멈춘 듯했다.
그리고 조용히 말했다.
"저는 전하의 사람이옵니다."

그날 밤
궁궐 깊은 곳에서 어린 왕비 하나가 오래 울고 있었다.
그 울음은 나라의 울음도
왕의 울음도 아니었다.
그것은
한 소녀가 사랑하는 사람을 잃은
조용한 눈물이었다.

그리고
그 눈물은 조선의 긴 역사 속에서
가장 슬픈 사랑 이야기로 남게 된다.

선돌 (봄)

제25장. 마지막 밤의 이중창

영월의 밤.
산은 깊었고 강물은 어두웠다.
서강의 물이 천천히 흘러가고 있었다.

산속 관아의 작은 방.
단종은 등불 앞에 앉아 있었다.
왕이었던 사람.
이제는 유배된 노산군.
창밖에는 바람이 울고 있었다.

단종은 하늘을 바라보았다.
별이 유난히 많았다.
한양에서는 잘 보이지 않던 별들이었다.

그는 작게 말했다.
"한양의 밤도…"

“오늘은 이렇게 맑을까.”

그리고 한 이름이 떠올랐다.
정순왕후.
궁궐에 남겨진 어린 왕비.

단종은 조용히 웃었다.
“그 아이는…”
그는 잠시 생각했다.
“밤을 무서워했지.”
옛 기억이 천천히 떠올랐다.

어느 여름밤.
궁궐의 작은 정원.
어린 왕비가 하늘을 보며 말했다.
“전하.”
“별이 너무 많사옵니다.”

단종이 웃으며 말했다.
“별이 많으면 좋은 것 아니옵니까?”
왕비가 고개를 흔들었다.
“저는…”
그녀는 조금 부끄러운 듯 말했다.

"밤이 조용하면 무섭사옵니다."

단종이 작게 웃었다.
"그러면 제가 이야기해 드리겠습니다."

그날 밤
소년 왕은 밤새 이야기를 했다.
별 이야기.
옛 왕들의 이야기.
그리고 두 사람은 어느새 잠이 들었다.

영월의 감옥 방.
단종이 눈을 감았다.
"지금도…"
그는 작게 중얼거렸다.
"밤을 무서워할까?"

그 시각.
한양 궁궐.
정순왕후 역시 잠들지 못하고 있었다.
창문을 열자, 봄밤의 바람이 들어왔다.

궁녀가 조심스럽게 물었다.

“마마… 쉬셔야 합니다.”
왕후는 고개를 저었다.
“잠이 오지 않는다.”

그녀의 눈은 멀리 있었다.
영월.
산 너머.
강 너머.
그곳에 한 사람이 있었다.

왕후가 조용히 말했다.
“전하도…”
“오늘 밤 깨어 계실까?”
궁녀는 대답하지 못했다.

밤은 깊어만 갔다.
영월의 산과 한양의 궁궐.
두 곳의 밤은 멀리 떨어져 있었다.
그러나 그 밤의 생각은 같은 곳을 향하고 있었다.

단종

“왕이 아니라도…”

그는 작게 말했다.
"나는 그 아이의 남편이겠지."

그의 눈에 희미한 미소가 떠올랐다.
"그것만은…"
"아무도 빼앗지 못할 것이다."

정순왕후

왕후는 하늘을 바라보았다.
그리고 작게 속삭였다.
"전하…"
그녀의 눈에 눈물이 맺혔다.
"저는 아직…"
"전하의 왕비입니다."

밤하늘의 별들이 빛나고 있었다.
영월에서도.
한양에서도.
같은 별이었다.

단종이 천천히 말했다.
"왕비야."

그 목소리는 바람에 실렸다.
"우리는…"
그는 잠시 멈추었다.
"같은 하늘 아래 있다."

정순왕후도 같은 순간
하늘을 바라보며 말했다.
"전하."
"같은 하늘 아래…"
그녀의 눈물이 조용히 흘러내렸다.
"저는 기다리겠습니다."
두 사람은 서로를 볼 수 없었다.
서로의 목소리도 들을 수 없었다.

그러나 그 밤,
조선의 하늘 아래 두 사람의 마음은
같은 노래를 부르고 있었다.
만날 수 없는 사랑의 노래.
이별의 노래.

그리고 그것은 조선의 역사 속에서
가장 슬픈 이중창이 되었다.

선돌 (여름)

제26장. 달빛 아래의 고백

영월의 밤은 한양의 밤과 달랐다.
산이 사방을 둘러싸고 있었다.

바람은 조용했고
강물은 어둠 속에서 낮게 흐르고 있었다.

노산군은 작은 초가의 마루에 앉아 있었다.
멀리서 풀벌레 소리가 들렸다.
그리고 하늘에는 밝은 달이 떠 있었다.

그는 한참 동안 아무 말도 하지 않았다.
그저 달빛이 마루 위에 떨어지는 것을 바라보고 있었다.

한양의 궁궐에서도 달은 떴다.
그러나 그곳의 달빛은 항상 담장에 가려져 있었다.
높은 궁벽과 수많은 전각들 사이에서

달빛은 잘게 잘려 떨어졌다.

하지만 이곳 영월 청령포의 달빛은 달랐다.
산 위에서 그대로 흘러내려
마루와 마당과 강물 위에 넓게 퍼지고 있었다.

노산군이 작게 웃었다.
"이렇게 밝은 달을…"
"나는 처음 보는 것 같구나."
그의 곁에는 늙은 내관 하나가 서 있었다.
그는 아무 말도 하지 않았다.
그저 조용히 고개를 숙이고 있었다.

잠시 후 노산군이 말했다.
"한양에서는…"
"늘 사람들이 많았지."
"대신들도 있었고,
신하들도 있었고,
호위 군사들도 있었고…"

그는 잠시 말을 멈추었다.
"그런데도…"
그의 목소리가 조금 낮아졌다.

"나는 늘 혼자였다."

내관의 눈이 잠시 흔들렸다.
그러나 여전히 아무 말도 하지 않았다.

노산군은 달을 바라보았다.
그리고 천천히 말을 이었다.
"나는…"
"왕이 되고 싶지 않았다."

그 말은 바람처럼 조용히 흘러나왔다.
"나는 그저…"
"형들과 함께 뛰어다니고 글을 배우고 말을 타고…"

그는 잠시 눈을 감았다.
"그저 그렇게 살고 싶었다."

달빛이 그의 얼굴 위에 떨어지고 있었다.
그의 얼굴은 아직도 젊었다.
너무 젊었다.

"하지만…"
그가 다시 말했다.

"어느 날 갑자기 모두가 나에게 절을 했다."
"나는 그 이유를 잘 몰랐다."
"그저…"
"무서웠다."

내관의 손이 조금 떨렸다.
그는 그날을 기억하고 있었다.
어린 왕이 옥좌에 앉던 날.
궁궐 전체가 무릎을 꿇던 날.

노산군이 조용히 웃었다.
그러나 그 웃음은 슬펐다.
"왕이 된 뒤에도 나는 아무것도 몰랐다."
"정치도 권력도 사람들의 마음도…"

그는 천천히 고개를 숙였다.
"그래서…"
"나는 빼앗겼다."

바람이 산을 지나 불어왔다.
달빛이 조금 흔들렸다.

노산군이 작게 말했다.

“그래도…”
“후회는 없다.”
내관이 조금 놀란 눈으로 그를 보았다.

“나는…”
“사람들을 미워하고 싶지 않다.”
그의 목소리는 이상할 만큼 부드러웠다.
“숙부도…”
“대신들도…”
“그들도 그들의 길을 걸었을 뿐이겠지.”

잠시 침묵이 흘렀다.
강물 소리만이 멀리서 들렸다.

노산군이 하늘을 올려다보았다.
그리고 조용히 말했다.
“왕비는…”
그는 말을 멈추었다.

“지금도 궁궐에 있겠지.”
달빛이 그의 눈에 비쳤다.
“나는…”
“그 아이에게 아무것도 해주지 못했다.”

내관이 조용히 무릎을 꿇었다.
그리고 떨리는 목소리로 말했다.
"전하…"

그는 잠시 말을 잇지 못했다.
"왕비 마마께서는…"
"분명 전하를 기다리고 계실 것입니다."

노산군은 아무 말도 하지 않았다.
그저 달을 바라보고 있었다.

달빛은 산 위에서
조용히 흘러내리고 있었다.
그 빛은 왕의 궁궐에도 닿고
이 외로운 초가에도 닿고 있었다.

그날 밤
영월의 달 아래에서 조선의 옛 왕은
처음으로 자신의 마음을 누군가에게 털어놓았다.

그것은 왕의 고백이 아니라
외로운 한 소년의 조용한 고백이었다.

청령포 유배지

뮤지컬 이중창

당신은 나의 나라

(무대 연출)

무대가 둘로 나뉜다.
왼편에는 영월의 산속 초가, 달빛 아래 앉아 있는 노산군(단종).
오른편에는 한양 궁궐의 처소, 창가에서 하늘을 바라보는 정순왕후.

(같은 달빛이

두 사람 위에 내려온다.

멀리 떨어져 있지만

같은 하늘 아래.

음악이

조용히 시작된다.)

단종

달빛이
산을 넘어 내려오면
나는 문득 그대를 떠올립니다

저 궁궐의 깊은 밤에
홀로 남아
눈물 짓고 있을 그대

나는 왕이 아니오
이제는 이름뿐인 사람

그러나 단 하나
버리지 못한 것이 있습니다

그것은 그대입니다

정순왕후

창가에
달빛이 내려오면
나는 그대를 부릅니다

저 먼 산 너머 어디에서
외롭게
밤을 보내고 있을 당신

세상은 당신을
왕이 아니라 말하지만

내 마음 속에서는
여전히
조선의 왕입니다

단종

나는 나라를 잃었소

왕좌도
궁궐도
백성도
모두 잃었소

그러나
그대가 나를 기억한다면

나는 아직
아무것도 잃지 않은 것이오

정순왕후

세상은 나에게
왕비가 아니라 말합니다

궁궐의 문도
나의 길도
모두 닫혀 있습니다

그러나
당신이 살아 있다면

나는 아직
왕비입니다

함께

세상은 우리를 갈라놓고
길은 서로 멀어졌지만

같은 달빛 아래
같은 하늘 아래

우리는 아직
서로의 사람

단종

나라를 잃은 왕이지만

정순왕후

궁궐에 갇힌 왕비지만

함께 (클라이맥스)

당신이 있는 곳이
나의 나라입니다

궁궐이 아니라도
왕좌가 아니라도

당신의 이름이 있는 곳

당신의 숨결이 있는 곳

그곳이
나의 조선입니다

단종 (조용히)

왕비야…

정순왕후 (눈물 속에서)

전하…

함께 (마지막)

세상이 우리를
갈라놓아도

달빛은
우리를 잇고 있습니다

당신은 나의 나라
나는

당신의 백성입니다

(음악이 잦아든다.)

영월의 달빛과
궁궐의 달빛이
천천히
하나의 빛으로 겹친다.

무대 위에는
멀리 떨어진 두 사람의 그림자만 남는다.
그러나
그 그림자는
같은 달빛 아래
이어져 있다.

청령포 유배지

제5부

유배와 영원

비극의 완성

제27장. 청령포의 바람

영월의 아침.
산 안개가 천천히 강 위로 흘러내리고 있었다.
서강은 조용히 흐르고 있었다.
그러나
그 강물은 단순한 강이 아니었다.

세 방향이 깎아지른 절벽으로 막혀 있었고
남은 한 길마저 물길로 끊겨 있었다.
청령포.

한 번 들어오면 세상과 끊어지는 땅.
그곳에
조선의 옛 왕 단종이 살고 있었다.
노산군.
단종.

그는 강가에 서 있었다.
바람이 강물 위를 스치고 있었다.
청령포의 바람은 이상하게도 차가웠다.
산을 넘어오는 바람이
모든 소리를 데리고 오는 듯했다.

노산군이 강을 바라보며 말했다.
"이 강은…"
그는 잠시 말을 멈추었다.

"도망칠 길이라고는 없구나."
옆에 서 있던 늙은 내관이 고개를 숙였다.
대답할 말이 없었다.

청령포의 모래밭에는 발자국이 거의 없었다.
군사들이 멀리서 지키고 있었기 때문이다.
세조의 명령.
"노산군을 절대로 도망치게 해서는 안 된다."

그래서 청령포는 감옥이 되었다.
문 없는 감옥.
하늘만 열린 감옥.

노산군은 천천히 모래 위를 걸었다.
발자국이 하나씩 남았다.
그는 가끔 뒤를 돌아보았다.
그러나
따라오는 사람은 아무도 없었다.
그는 혼자였다.

강 건너 산 위에서 나무가 흔들렸다.
바람이었다.
청령포의 바람.
그 바람은 이상하게도
멀리 한양의 기억을 데리고 오는 것 같았다.

어린 날의 궁궐.
정원에서 웃고 있던 사람들.
아버지 문종.
그리고 정순왕후.

노산군이 작게 웃으며 이름을 불렀다.
"왕비야…"
그의 목소리는 바람에 실렸다.

"이곳의 바람은 참 거칠구나."

그는 강물을 바라보았다.
"한양의 바람은 이렇게 차갑지 않았는데."

그때
멀리서 군사들의 목소리가 들렸다.
"거기까지만 가시오!"
노산군이 걸음을 멈추었다.

그가 서 있는 곳은 강가 끝이었다.
발 아래로 강물이 흐르고 있었다.
그는 잠시 강을 내려다보았다.

그리고
조용히 말했다.
"걱정 마라."
그의 목소리는 담담했다.
"나는 도망가지 않는다."

뒤따르던 군사 하나가 작게 중얼거렸다.
"도망칠 곳도 없으면서…"
그러나
노산군은 그 말을 들은 듯 미소를 지었다.

다시 모래밭을 걸었다.

바람이 옷자락을 흔들었다.

그 바람 속에서 그는 문득 어떤 노래를 떠올렸다.

궁궐에서 한 번 들었던 노래.

"산은 높고 강은 멀어도

사람의 마음은 길을 찾는다…"

그는

작게 따라 불렀다.

그러나

노래는 끝까지 이어지지 못했다.

목소리가 조금 떨렸기 때문이다.

해가 산 위로 떠오르고 있었다.

청령포의 모래는 천천히 밝아졌다.

그러나

그 빛 속에서도 노산군의 그림자는 길게 늘어져 있었다.

그 그림자는 왕의 그림자가 아니라

세상에서 가장 외로운 젊은이의 그림자였다.

그날

청령포의 바람은 유난히 거세게 불었다.

그 바람은 산을 넘어
강을 건너 멀리 한양까지 불어갔다.

그리고
어쩌면 궁궐 깊은 곳에서
창가에 서 있던 정순왕후의 머리카락도
잠시 흔들었을지 모른다.

그 바람은 청령포에 남겨진
한 왕의 외로움을
조선의 하늘 아래 조용히 퍼뜨리고 있었다.

청령포

제28장. 강물은 모든 것을 안다

다시 유배지 청령포의 밤.
강물은 어둠 속에서 흐르고 있었다.

유유히 흐르는 서강은 말이 없었다.
그러나 그 강은 많은 것을 보고 있었다.

노산군은 강가에 앉아 있었다.
밤바람이 강 위를 스치고 지나갔다.

달빛이 물결 위에서 부서지고 있었다.
그는
한참 동안 아무 말도 하지 않았다.
그저 흐르는 물을 바라보고 있었다.

청령포에 온 뒤
그는 자주 이곳에 왔다.

사람이 없는 밤.

군사들의 눈이 느슨해지는 시간.
그때가 되면 그는 조용히 강가로 걸어왔다.

노산군이 천천히 말했다.
"강물은…"
그는 손으로 물을 살짝 건드렸다.

차가운 물결이 손끝을 스쳤다.
"참 이상하다."
그는 작게 웃었다.
"이 물이…한양에까지 이르면"
"한양에서도 흐르고 이곳에서도 흐르겠지."

강물은 대답하지 않았다.
그러나 노산군은 마치 누군가와 이야기하듯
조용히 말을 이어갔다.

"너는…"
"모든 것을 보았겠지."
그는 강 위를 바라보았다.
"내가 왕이 되던 날도."

"내가 왕좌에서 내려오던 날도."
"그리고…"

그의 목소리가 조금 낮아졌다.
"충신들이 죽던 날도."

그날의 기억이 갑자기 떠올랐다.
이슬의 형장.
성삼문.
박팽년.
하위지.
이개.
유성원.
유응부.

칼이 떨어지던 순간.
백성들의 울음.
그 모든 것이 순간처럼 스쳐 지나갔다.

노산군이 눈을 감았다.
"나는…"
그는 천천히 독백했다.
"그들을 지켜주지 못했다."

그의 손이 모래를 움켜쥐었다.
"왕이었는데."

강물이 조용히 흘렀다.
마치 위로라도 하듯.

그때
멀리서 노 젓는 소리가 들렸다.
작은 나룻배 하나가 강을 건너고 있었다.

어부였다.
그는 노산군이 있는 줄도 모르고
그저 강을 건너고 있었다.

어부가 작게 노래를 불렀다.
낮은 목소리였다.
그러나 그 노래는 밤의 강 위에서 멀리 퍼졌다.
"강물은 흘러가고 사람은 머무르지 못한다…"

노산군의 눈이 천천히 열렸다.
그는 그 노래를 가만히 들었다.
"왕도 가고 백성도 가고 세월만 남는다…"

노래는 소박했다.
그러나
이상하게도 가슴을 파고들었다.

노산군이 작게 웃었다.
"그래…"
그는 강을 바라보았다.
"강물은 다 알겠지."

그의 목소리는 조용했다.
"누가 옳았는지."
"누가 죄를 지었는지."
"누가 울었는지."

강물은 여전히 흐르고 있었다.
어제도
오늘도
그리고
내일도.

노산군이 마지막으로 말했다.
"내 이야기도…"
그는

강 위를 바라보았다.
"언젠가는 흘러가겠지."

달빛이 강물 위에서 흔들렸다.
그리고
그 빛 속에서 한 젊은 왕의 얼굴이
조용히 비치고 있었다.

그날 밤
서강의 물은 여전히 영월 합수머리에서 동강을 만나
단양, 충주, 여주를 거쳐 한양 쪽으로 말없이 흘러갔다.
그리고
그 강은 한 왕의 고백과 한 나라의 비극을
아무 말 없이 기억하고 있었다.

강물은 말하지 않는다.
그러나
강물은 모든 것을 알고 있다.

관풍헌 (단종 승하 장소)

제29장. 마지막 왕

1457년.
영월의 가을은 숨이 막힐 듯 고요했다.
산은 짙은 녹음 끝에 이어 찬공기가 내리고 있었고
서강 물줄기는 여전히 청령포를 감싸 흐르고 있었다.

그러나
그 고요한 산 속에
보이지 않는 칼 하나가 다가오고 있었다.

한양.
세조의 궁궐.
밤이 깊어가고 있었다.
촛불이 작게 흔들리고 있었다.

신하 하나가 조심스럽게 말했다.
"전하."

세조가 천천히 고개를 들었다.
그의 눈빛은 어둡고 차가웠다.
"무슨 일이오?"
신하가 조금 머뭇거렸다.
"영월에서…"

그는 잠시 말을 멈추었다.
"단종을 그리워하는 자들이 여전히 많사옵니다."
세조의 눈이 가늘어졌다.

또 다른 신하가 말을 보탰다.
"백성들 사이에 흉흉한 말도 있사옵니다."
"사육신의 일 이후에도…"

그는 고개를 숙였다.
"전하의 왕위를 정당하게 보지 않는 이들도 있사옵니다."

촛불이 한 번 크게 흔들렸다.
세조의 손이 천천히 탁자를 두드렸다.
"그래서."
그의 목소리는 차가웠다.
"무엇을 말하고 싶은 것이냐?"

신하가 무릎을 꿇었다.

"전하…"

그는 숨을 삼켰다.

"뿌리를 남겨 두면 싹이 다시 돋사옵니다."

그 말은 칼보다 더 날카로웠다.

긴 침묵이 흘렀다.

세조의 눈이 어둠 속에서 빛났다.

그리고

그는 조용히 말했다.

"짐도 알고 있다. 이제 끝을 내라."

짧은 말이었다.

그러나

그 말은 한 왕의 운명을 끝내는 말이었다.

며칠 뒤 영월.

관아 관풍헌의 작은 방.

노산군은 익선관, 곤룡포를 갖추고 책을 읽고 있었다.

창밖에서는 두견새가 찾아와

아는지 모르는지 넋 놓고 울고 있었다.

조정에서 보낸 한 관리 금부도사 왕방연이
문 앞에서 멈추었다.

그의 얼굴은 창백했다.
왕방연은 문전에 이르러 차마 들어오지 못하여 머뭇거리기를
마지아니하였다.
그러나 나장羅將이 시각이 늦는다고 발을 구르고 재촉하므로
부득이 들어간 것이다.[1]

"들라."
노산군이 말했다.
왕방연이 천천히 들어왔다.
그의 손에는 작은 사약 상자가 들려 있었다.

노산군의 눈이 잠시 그 상자를 바라보았다.
그가 가지고 온 사명을 직감하였다.
그리고 조용히 물었다.

"무슨 일로 내려왔느냐가? 상감 강녕하신가?"
왕방연은 차마 대답하지 못했다.
그저 엎드려 무릎을 꿇고 말을 꺼내지 못했다.[2]

---

1) 이광수, 단종애사(서울: 도서출판 나나, 1994), p.406.
2) 이광수, 단종애사(서울: 도서출판 나나, 1994), p.406.

그 순간
모든 것이 이해되었다.
노산군은 잠시 하늘을 바라보았다.
창문 밖으로 푸른 하늘이 보였다.

노산군은 천천히 말했다.
"이제…"
그의 목소리는 놀랄 만큼 담담했다.
"아, 끝이구나."

관리의 눈에서 눈물이 떨어졌다.
"전하…"
그러나
노산군은 고개를 저었다.
"울지 마오."

그는 조용히 웃었다.
"나는 이미…"
"많은 것을 잃었소."

그는 천천히 자리에서 일어났다.
그리고 창문 앞에 섰다.
영월 관아의 앞은 동강이 흐르고 있었다.

노산군이 작게 말했다.

"왕비야."

한양 땅을 바라보며 그리워서 부르던 이름,

그의 눈이 멀어졌다.

"나는…"

그는 잠시 말을 멈추었다.

"먼저 가오."

그는 돌아섰다.

상자 안에는 하얀 비단 자락이 보였다.

사약은 이미 준비되어 있었다.

노산군이 강한 어조로 말했다.

"나는…"

그는 잠시 눈을 감았다.

"조선의 왕이었다."

밖에서는 바람이 불고 있었다.

한때 기거하던 유배지 청령포의 소나무들도 조용히 흔들렸다.

관풍헌 앞 강인 동강의 고요하던 물도 흔들리고 있었다.

청령포에 와서

이 근 배

청령포에 와서
(시-이근배, 낭송-박종래)

물이 우는구나
겹겹의 일월을 퍼내도 마르지 않는
슬픔이 있었구나
흰옷 입은 어린 상왕
새 되어 토해내던
피묻은 가락 떨며
온몸으로 젖어 우는구나
뼈마디 마디 먹으며
쓰러지며 흘러도 다시
제자리로 돌아오는 물이 우는구나

낯선 겨울이 지나가고
봄풀이 돋는 청령포
늙은 관음은 팔을 늘여
제궁의 새를 기다린다
막아도 열리는 귀
감아도 보이는 눈
그러나 입은 열리지 않는다
왕조의 검은 화살을 받고
이 외딴 숲에 쫓겨와
가슴 찢던 원통한 새의
못다한 말은 다 쏟을 수가 없다

구름으로 떠돌다가
눈비되어 내렸는가
초립으로 하늘을 가린
숱한 충절들이 엎드려
이끼 낀 금표를 쓸고 있다
귀머거리 하늘을 떠받치고 선
돌탑에 굳은 촉루

춘삼월이 와도
자규는 날아오지 않는다
자규의 울음을 들을 줄 아는
제왕은 돌아오지 않는다

이근배

한국시인협회 회장, 대한민국예술원 회장, 건국훈장애족장, 독립유공자 아들, 김동리, 서정주 교수에게 소설과 시공부, 1961년~1964년 4대일간지 10관왕, 한국문학작가상, 중앙시조대상, 편운문학상, 정지용문학상, 은관문화훈장 외 다수

제30장. 왕은 죽지 않는다

영월의 하늘은 이상하리만큼 맑았다.

산은 아무 일도 없다는 듯 푸르게 서 있었고
서강도 동강의 물도 어제와 다르지 않게
흘러가고 있었다.

그러나 그날
조선의 역사 속에서 가장 조용하고
가장 슬픈 일이 한 산촌 영월부 관아 방 안에서
일어나고 있었다.

영월 마을 가운데 위치한 관풍헌의 작은 방.
노산군은 조용히 앉아 있었다.
그의 앞에는 비단과 잔이 놓여 있었다.
사약.
왕에게 내려지는 마지막 명령.

그 방 안에는 몇 명의 관리와 군사가 서 있었다.
그러나 그 누구도 고개를 들지 못했다.

노산군이 잔을 바라보았다.
그리고 작게 웃었다.
"왕에게도…"
그는 조용히 말했다.
"죽을 날이 왔구나!"
그 말은 슬픔보다 어딘가 담담했다.

그러다 잠시 멈추었다.
창문 밖을 바라보았다.
푸른 산.
흐르는 강.
그리고 저 멀리 창공에 청령포의 동무였던 소나무들과
거닐던 모래밭의 환상이 아른거렸다.

그곳에서 그는 많은 밤을 보냈다.
달을 보며 오백 리길 두고 온 독수공방 왕비를 생각했고
강물을 보며 세월을 생각했다.
그리고 자신의 삶을 생각했었다.

노산군이 조용히 말했다.
"나는…"
그의 눈이 멀어졌다.
"왕이 되고 싶지 않았다."

관리들의 어깨가 떨렸다.
그러나 노산군은 천천히 말을 이어갔다.
"나는 그저…"
"아버지의 아들이고 누군가의 남편이고
조선의 한 사람이면 충분했다."

그는 잠시 웃었다.
"그러나…"
그의 목소리가 조금 낮아졌다.
"세상은 나를 왕으로 만들었고"
"다시…"
그는 잔을 바라보았다.
"아무것도 아닌 사람으로 만들었다."

방 안에 침묵이 흘렀다.
멀리서 재잘대는 강물 소리가 환청으로 들렸다.

노산군이 마지막으로 말했다.

"그래도…"

그는 천천히 고개를 들었다.

그의 눈은[3] 놀랍도록 맑았다.

"나는…"

"조선을 미워하지 않는다."

바로 그때

대문 밖에서는

"유시酉時요! 유시요!"

하는 나장의 재촉이 들려왔다.

유시가 노산군이 사형을 받을 시간이다.

순식간에

노산군을 모시던 공생貢生 하나가

노산군의 등 뒤에서 목을 졸라매어

북창 밖으로 잡아당기자,

노산군은 뒤로 넘어져 줄을 따라 끌려가다가

창문턱에 걸리어 운명하였다.

시녀가 달려들어 목맨 줄을 끄르고

---

3) 이광수, 단종애사(서울: 도서출판 나나, 1994), p.407.

애써서 소생하려 하였으나,
다시 소생하지 않았다.

"아이고, 아이고"
시녀들은 머리를 풀어헤치고 통공하였고,
다른 사람들도 통곡하였다.

공명을 이루려고 노산군을 목을 매어 죽인 공생은
대문을 나서지 못하고 피를 토하고 즉사하여 버렸다.[4]

그 순간
누군가의 울음이 터져 나왔다.

"전하…!"
그러나 이미 늦었다.
조선의 어린 왕은 조용히 눈을 감고 있었다.

그의 얼굴에는 이상하게도
평온한 미소가 남아 있었다.

그날 영월의 관아 작은 방에서

---

4) 이광수, 단종애사(서울: 도서출판 나나, 1994), p.407.

한 소년 왕이 세상을 떠났다.[5]

(후일 단종 승하 이야기는 슬픈 야사로 전해오며 다양하게 회자되고 있다.[6] 그러나, 당시 역사는 승자 편에서 조선왕조실록 세조편에 '단종이 자진하였다.'고 기록 되어져 있다.[7])

금부도사 왕방연은 군사를 명하여 노산군의 시체를 금강에 띄우게 하였다.

그는 만류하는 사람에게, 이렇게 하지 아니하면 반드시 시체도 온전치 못하시리라 하였다.

노산군의 시체가 물에 들어가 둥둥 떠서 흐르지 아니하고 하얀 열 손가락이 떴다 잠겼다 하는 것을 뵙고는 시녀들과 종자들이 모두 통곡하고,

---

5) 단종이 사약을 받았다는 이야기는 야사(野史)
   《연려실기술》, 《동야휘집》, 민간 구전 등에서 세조가 금부도사를 보내 사약을 내렸다는 서술이 등장한다.
6) 《조선왕조실록》 숙종 25년 1월 2일, 이광수, 단종애사(서울: 도서출판 나나, 1994), pp. 406-407.
7) 《조선왕조실록》 세조 3년 10월 21일.
   命宋玹壽抄絞, 魯山君聞之, 亦自縊卒, 以禮葬之.
   "송현수를 교형에 처하라고 명하니, 노산군이 이를 듣고, 또한 스스로 목매어 죽었으므로 예에 따라 장사 지냈다." 이에 대해 후세 역사가들은 일반적으로 "세조의 명으로 죽음을 강요 받았다." 방법은 사약(사사설), 목을 졸림(타살설), 자결(자살설) 강요 등 3가지 중 하나로 보고 있다.

사랑하는 임금의 뒤를 따라 물에 뛰어 들어갔다.[8]

단종을 모시던 궁녀, 관비, 무녀 6명과 시종 1명이 통곡을 하고 금강정 옆 낙화암에서 동강으로 투신하여 순절하였다.

그날 밤
영월의 산에는 바람이 불었다.
청령포의 소나무들이 조용히 울고 있었다.
동강의 물도 조용히 눈물을 흘리고 있었다.
마치 한 왕의 마지막을 슬퍼하며 배웅하듯.

밤이 내려왔다.
영월의 산과 동강의 물은 아무 말도 하지 않았다.

어명이 내려졌다.
"감히 시신을 거두는 자는 3족을 멸하리라."

단종의 시신은 영월부를 가로질러 흐르는 동강에 버려졌고, 강가를 맴돌았다.

---

8) 이광수, 단종애사(서울: 도서출판 나나, 1994), p.407.

야밤,
영월 호장 엄흥도는 몰래 시체를 건지어
어머니를 위해 짜 두었던 관에 넣어
북으로 오리 되는 동을지산에 평토장을 하고
돌을 얹어 표하여 두었다.[9]

이 이야기는 그곳에서 끝나지 않았다.
그의 나이 열일곱.
그의 죽음은 단순한 죽음이 아니었다.
그것은
조선 역사에서 가장 슬픈 왕의 마지막이었다.

그러나
그 침묵 속에서 한 이름이
조용히 남아 있었다.
단종.

짧게 왕이었고
길게 기억될 이름이었다.

---

9) 이광수, 단종애사(서울: 도서출판 나나, 1994), p.407.

그날 이후
영월의 산과 강은
이름을 품게 되었다.
한때는 폐위된 군이었으나
시간은 그를 다시 불러 세웠다.

시간이 흐른 뒤
사람들은 다시 그 이름을 부르기 시작했다.
노산군이 아니라
단종.
조선의 왕.

백성들은 그를 잊지 않았다.
선비들은 그의 이름을 기록했다.
그리고 역사는 조용히 말했다.

단종 왕은 죽지 않았다.
왕좌는 사라질 수 있고
권력은 바뀔 수 있지만
사람들의 기억 속에서 왕은 사라지지 않는다.

영월의 산과 동강·서강의 강물은
지금도

그 이야기를 알고 있다.

짧은 생을 살았지만 길게 기억된 왕.

단종.

조선의 어린 왕.

그리고

영원히 사라지지 않을 이름.

슬픈 단종.

청령포 유배지 엄흥도 소나무

뮤지컬 피날레 합창

눈물은 강이 되어

(무대 연출)

무대 뒤편에 영월의 산과 서강이 펼쳐진다.
청령포의 모래밭 위에 희미한 달빛.

무대 중앙에는
조용히 누워 있는 단종의 빈 자리.

한 사람씩
무대 위로 등장한다.

사육신의 영혼,
백성들,
선비들,
궁녀들,
그리고 멀리 궁궐에 남겨진 정순왕후.

음악이

아주 조용히 시작된다.

합창 (낮게)

강물은 흐르고
세월은 지나가도

사람의 눈물은
사라지지 않는다

남성 합창 (사육신의 목소리)

우리는 칼날 위에서
이름을 남겼고

우리는 죽음 속에서
왕을 지켰다

몸은 쓰러졌지만
뜻은 쓰러지지 않았다

여성 합창 (궁녀와 백성들)

궁궐의 밤마다
눈물이 떨어지고

백성의 가슴마다
이름이 남았다

어린 왕의 얼굴이
바람 속에 떠돈다

정순왕후 솔로

전하…

저는 아직도
그 자리에 있습니다

궁궐의 창가에서
하늘을 바라보며

당신의 이름을
부릅니다

합창 (조금 더 크게)

눈물은 떨어져
땅이 되고

눈물은 흘러
강이 된다

그 강은
세월을 건너

사람들의 가슴으로
흐른다

남성 합창

왕은 쓰러졌지만
나라의 기억은 남고

칼은 떨어졌지만
진실은 남는다

 # 여성 합창

누군가는 울고
누군가는 노래하고

누군가는
그 이름을 기록한다

 # 전체 합창 (클라이맥스)

눈물은 강이 되어
산을 넘어 흐르고

세월을 넘어
역사가 된다

왕은 떠났지만
왕의 이름은 남고

사람들은
그 이름을 부른다

정순왕후 (마지막 독창)

전하…

강물이 되어
흐르셨습니까?

그렇다면
저의 눈물도
그 강에 닿게 해 주십시오

전체 합창 (최대 클라이맥스)

눈물은 강이 되어
조선을 흐르고

시간을 넘어
세상을 흐른다

짧게 살았으나
길게 남은 이름

단종

단종
단종

(음악이 천천히 잦아든다.)

무대 위에
강물 소리만 남는다.

달빛 아래
청령포의 모래가 희미하게 빛난다.

그리고
조용한 목소리가
마지막으로 울린다.

속삭이는 합창

왕은
죽지 않는다.

단종, 그 이름은

눈물의 강 속에서
영원히 흐른다.

동강할미꽃

에필로그

세월이 흐른다.
수백 년의 시간이 강물처럼 조용히 지나간다.

궁궐의 기와도,
권력의 칼날도,
모두 먼지처럼 흩어진다.

그러나
어떤 이름은 사라지지 않는다.

강원도 영월.
산과 강이 만나는 조용한 땅.
청령포의 모래밭에는 지금도 바람이 분다.

그 바람은
아주 오래된 이야기를 사람들에게 들려준다.
어린 왕이 있었다고.

열여섯의 나이에 왕좌에서 쫓겨났고

열일곱의 나이에 강물 곁에서 생을 마쳤다고.

그러나
그의 이야기는 그곳에서 끝나지 않았다.

사람들은 그를 잊지 않았다.
백성들은 몰래 그의 이름을 불렀고
선비들은 글 속에 그의 슬픔을 남겼다.

세월이 더 흐른 뒤
후대의 왕은 마침내 그 이름을 다시 불렀다.
단종.

짧은 왕이었지만 긴 슬픔을 남긴 왕.
그리고
끝까지 왕으로 남은 왕.

오늘도 영월의 강물은 흐른다.
서강의 물결은 조용히 산을 돌아가고
청령포의 모래 위에는 여전히 달빛이 내린다.

사람들은 그곳에 서서
잠시 강을 바라본다.

그리고
마음속으로 묻는다.

권력은 왜 사람을 버리는가.
충성은 왜 목숨을 걸어야 하는가.

그리고
한 소년 왕은 왜 그렇게 외롭게
세상을 떠나야 했는가.

아마 강물은
그 모든 답을 알고 있을 것이다.
그러나
강은 말하지 않는다.

그저 흐른다.
조용히.
끝없이.
그리고
사람들의 눈물 속에서 다시 흐른다.

그래서
이 이야기는 끝나지 않는다.

청령포의 바람이 불어오는 한
영월의 강물이 흐르는 한
그 이름은 사라지지 않는다.

단종.
짧게 살았지만 영원히 기억되는 왕.

그의 이야기는 눈물의 강 속에서
지금도 흐르고 있다.

비운의 어린 단종을 추모하며
저자 문태성 상재

김삿갓 행렬

부록

단종 연보

1441년 (세종 23년)
8월 18일 (음력 7월 23일)
한성부 경복궁 자선당
(現 서울특별시 종로구 사직로 161)에서
조선 제5대 왕 문종의 아들로 태어났다.

이름은 이홍위(李弘暐).
어린 시절부터 총명하고 온화한 성품으로 알려졌다.

1448년 (세종 30년)
세종의 손자로서
왕세손에 책봉된다.

1450년 (문종 즉위)
세종이 승하하고
아버지 문종이 왕위에 오른다.

이홍위는
정식으로 왕세자가 된다.

1452년 (문종 2년)
문종이 병으로 승하한다.

1452년
12세의 나이로 조선 제6대 왕 단종 즉위
6월 14일(음력 문종 2년 5월 18일)
한성부 경복궁 근정문
(現 서울특별시 종로구 사직로 161)에서 즉위.

어린 왕을 대신해
대신들이 정사를 보게 된다.
대표적인 인물은
김종서, 황보인 등이었다.

1453년
숙부 수양대군이 정변을 일으킨다.
역사상 유명한 계유정난.
김종서와 황보인이 살해되고
정권은 수양대군에게 넘어간다.

단종의 권력은
사실상 사라진다.

<u>1455년</u>
수양대군이 왕위를 요구한다.
단종은 결국 왕위를 양위한다.

수양대군 즉위.
그가 바로 세조.
단종은 노산군으로 강등된다.

<u>1456년</u>
단종을 다시 왕으로 복위시키려는
사육신 사건 발생.
성삼문, 박팽년, 이개, 유응부, 하위지, 유성원 등이
단종 복위를 도모하다 발각된다.

모두 처형된다.
또한 생육신이라 불린 선비들은
평생 벼슬을 거부하고
단종을 기린다.

<u>**1457년**</u>

단종은
강원도 영월로 유배된다.

청령포에서
외로운 유배 생활을 시작한다.
그해 세조의 명으로
사약이 내려진다.

17세의 나이로 생을 마친다.
1457년 11월 16일
(음력 세조 3년 10월 21일)
강원도 영월군 관아 관풍헌
(**現** 강원특별자치도 영월군 영월읍 중앙로 61)에서 승하.

조선 역사상
가장 비극적인 왕 중 한 사람으로 기록된다.

<u>**1698년 (숙종 24년)**</u>
숙종이 단종의 억울함을 인정한다.
노산군의 칭호를 폐지하고
다시 왕으로 복위시킨다.

시호는 단종(端宗).

능호는 장릉(莊陵).

오늘

강원도 영월의 청령포와 장릉에는

지금도 많은 사람들이 찾아온다.

짧게 살았지만

길게 기억된 왕.

조선의 어린 왕.

단종.

봉래산 천문대에서 내려다본 영월 산야

저자 소개

문태성 박사 (칼럼니스트, 시인)

저자는 충절의 고장 영월 출신 문인으로서

역사 속에서 잊혀 가는 570여 년 전 단종의 이야기를

다시 무대 위에 올리는 작업을 하고 싶었다.

왕과 권력의 기록이 아니라

권세, 충성, 음모, 찬탈, 배신, 사랑, 유배, 죽임, 추모…

그 속에서 울고 웃었던 인간 군상 최고의 이야기,

그리고 기억 속에 살아 있는 역사를

소설로, 영화와 뮤지컬, 오페라까지…

단종의 영혼이 맴도는 세계 지구촌 우주에 알려지도록

이야기와 음악으로 풀어내는 것을 시도했다.

〈단종, 왕의 눈물〉은

조선 역사 속 가장 비극적인 왕으로 불리는

단종의 삶을

단순한 역사 기록이 아니라
한 인간의 운명,
그리고 권력과 충성, 사랑과 이별의 이야기로
새롭게 그려낸 역사 뮤지컬 서사이다.

특히
사육신의 충절,
백성들의 눈물,
정순왕후의 기다림,
그리고 영월의 고요한 강물까지.

저자 문태성은 정치학 박사, 교수, 칼럼니스트이자 향토 시인, 한국문인협회 회원이기도 하다.

난고 김삿갓 탄생 200주년 제1회 대한민국시인대회, 시조의 거장 영담 김어수 탄생 100주년 기념사업 등을 추진하였다.

※ 저서 : 『검정 고무신』 외 32권

H.P : 010-5034-2344
tsmoon1@hanmail.net